달 속에 숨은 달

달 속에 숨은 달

초판 1쇄 인쇄일 2014년 5월 13일
초판 1쇄 발행일 2014년 5월 16일

지은이 현몽
펴낸이 양옥매
책임편집 육성수
디자인 이윤경
교정 조준경

펴낸곳 도서출판 책과나무
출판등록 제2012-000376
주소 서울특별시 마포구 월드컵북로 44길 37 천지빌딩 3층
대표전화 02.372.1537 팩스 02.372.1538
이메일 booknamu2007@naver.com
홈페이지 www.booknamu.com
ISBN 979-11-85609-40-9(03810)

이 도서의 국립중앙도서관 출판시도서목록(CIP)은 서지정보유통지원 시스템
홈페이지(http://seoji.nl.go.kr)와 국가자료공동목록시스템
(http://www.nl.go.kr/kolisnet)에서 이용하실 수 있습니다.
(CIP제어번호 : CIP2014015257)

달
속에 숨은

Magic Realism

달

현몽 글 · 그림

책과나무

살다 보면 산다는 게 참 황당하다고 느껴질 때가 많다. 이번엔 멀리 가 보겠다.

인간은 누구나 멀리 가고자 하나 항상 제자리걸음 맴맴이다. 이유는 간단하다. 갈 곳이 없을 때에야 인간은 비로소 가장 멀리 갈 수 있기 때문이다. 나는 멀리 가서 되돌아보았다.

우선 흔해 빠진 숫자놀음에 대해서다.

'1+1= ?'

자자손손 이어져 온 답안은 '2'다. 그러나 2는 어디까지나, 그건 그래야 한다는 어떤 업보적 고정관념이 조작해 낸 환술에 지나지 않는다.

차원을 달리하면 전혀 엉뚱한 결과가 나온다.

'1+1= 11'도 되더란 거다.

인간은 가끔 청개구리 오백오십 마리 보탠 것만치 엉뚱하고 희한한 존재이기도 하다.

그렇담 당신의 선택은 2인가, 11인가?

종교는, 그리고 사랑은 어떤 숫자를 선택할까?

아무도 모른다. 옳다는 절대적인 정답을 찾으려 날뛸수록 실체는 미궁으로 더더욱 빠져드는 게 인생인즉, 바로 그걸 솔직담백하게 쓰고자 노력했다.

물론 난 대한불교 조계종단에선 일찌감치 퇴출당한 국가대표급 땡초(psychopath)이기 때문에 아무리 용을 써도 이건 삼류 낙서집일 수밖에 없다.

15년쯤 전이던가.

유수의 모 불교신문에선 불자들은 일치단결해 "현몽의 책을 읽지 말자."는 캠페인성 기사를 내보냈었다.((※)더 웃기는 건 워낙 웃기는 기사이다보니 조선일보에서 이걸 되받아, 웃기는 기사에 대한 웃기는 기사로 재차 내보냈다는 것이다.)

이뿐이던가.

총무원(조계종 사령부)에선 경향각지의 대소 사찰에 한때 서슬 퍼런 공문을 돌렸으되 골자는 아래와 같다.

경고문

타락승 현몽에게 숙식 제공하는 사찰은

해당 주지에게 엄히 책임을 묻겠음

　이 책은 자수하건대 막가파 저질이 만들어 가는 고백성사다. 명성에 걸맞도록 지금부터 독자 여러분을 ((※)책값이 아깝지 않도록) 신나게 웃겨 드리고 재미나게 들볶아 드리겠다. 단언컨대 이 책은 불후의 졸작으로 청사에 길이 빛날 것이다.

뜻이 하늘에서 이루어지듯

여기서도 이루어지이다.

저로 하여금

제발 시험에 들게 하며,

태양을 할퀴다 못해

당신의 심장까지 할퀴게 하소서,

o man!

낙서 하나

연애 이야기

A. 박소녀의 전설

내가 중학생 2학년이던 가을이다.

까칠한 사춘기 감성에 젖어 가슴앓이 할 무렵 수학여행을 간 곳이 하필 북망산 맙소사다.

산은 새빨간 단풍으로 자욱했다.

그에 비해 산지기 스님들의 먹물 옷이 왠지 나를 쏙 맥 빠지게 짓눌렀다.

저 사람들은 중학생도 아닌데 왜 문어대가리로 근엄한 표정을 지으며 칙칙하게 으스댈까? 혹시 똥도 안 싸고 사는 신선님들 사촌일까?

은근히 청승맞고 생뚱맞아, 지켜보는 내가 숨이 턱턱 막힌다. 새콤한 인사를 올려야겠다.

"스님, 고기 잡숫고 싶으시죠. 中이 고기 밝히면 절에 빈대도 안 남는다면서요?"

간식용으로 들고 다니던 오징어 뒷다릴 건네자,

"호로 쌍놈, 뭐이가 어쩌고 저째? 너네 담임선생 데려와. 내가 이래 뵈도 대검찰청 차장검사와 겁나게 친한 사이다!"

이게 뭐야.

스님들은 대자대비가 본색이라 배웠거늘, 이 아저씬 되게 사납고 유치찬란하다. 자기 아들뻘인 열네 살 소년한테 다짜고짜 대검찰청 친분을 내세우며 겁을 준다. 스스로 천민이라는 자가당착에 빠져서였을까 (이 사람은 훗날 입산하여 알았던바 비밀리에 처자식을 거느린 자로, 경찰청 소속의 말단순경 출신이었다).

"죄송해요"

난 앵 토라져 여승당인 임신암으로 달라뺐다.

전화위복이라던가. 거기서 그예 벼락불 치는 돌발사태가 터지고 만다.

오메, 내가 태어나기 잘했고, 이놈의 부처님 댁 오기 백 번 잘했다. 울 엄마보다 예쁘다. 까마귀 날며 배 떨어졌달까. 지금 막 천상을 갓 탈출한 내 또래의 바구니(비구니)랑 맞닥뜨린 거다.

꿈일까, 생시일까?

도무지 지구상 인종이라 여겨지지 않았다. 신인류였다.

새우살 뺨치도록 해말끔한 피부에 카시오페이아 잔별들 옹기종기 초롱거리는 눈망울, 눈망울 밑의 눈물점, 새침한 앵두 입술, 백설 공주가 시샘할 만치 고즈넉한 분위기.

저거 中되기 백 번 잘했다.

시시껄렁한 남정네 밥이 되기엔 차마 아까워, 옥황상제님께서 특별히 깊은 산으로 빼돌렸나 보다.

천년만년 혼자 살아라.

설혹 천신만고 끝에 훗날 저 소녀랑 결혼하는 남자새끼 있어서 화랑무공훈장 같은 거 받을지 몰라도(당시에는 예쁜 여자랑 짝꿍하면 정부에서 훈장 주는 걸로 알고 있었음) 나는 그놈을 불문곡직 팍 찔러 죽일 것이다.

예쁜 여자는 혼자 살아야 제격이다.

"스님, 애기스님."

법당 뒤란에서다.

귀또리가 찌륵찌륵 도란거린다. 솔잎 향기가 싸하다. 하늘엔 낮에 나온 반달님도 하얗게 걸렸다.

"이거……."

난 엉겁결에 들국화 몇 송일 쥐어뜯어 부르르 떨며 건넨다. 빡대가리 소녀가 얼굴을 발그레 붉히며 암팡진 살인 미소를 깨문다.

"처사님."

하곤 정색한다.

날더러 처사님이란다. 천사를 절에선 처사라 부르는 걸까? 그럼 내가 이 여자와 혼인하는 천사장 미카엘이란 걸까?

난 붕붕 들뜨기 시작했다. 이 여자랑 살림 차리겠다.

하지만 피이, 이내 알게 된 바, 처사란 절집에서 남자를 통틀어 일컫는 단순대명사에 지나지 않더란다.

"네, 말씀하세요."

"국화꽃을 왜 제게?"

"애기스님 깜딱 예쁘니까요."

"꺅, 제가요?"

그녀는 수줍어 금세라도 후다닥 꽁무닐 뺄 기세다. 너무 착하다. 예쁜 여자더러 예쁘다는데 웬 오두방정인가.

물론 몇 년 후의 일이지만, 난 정신병원을 시나브로 들락거린 전력의 소유자다. 담당 의사랑은 앙숙으로 엔간히 싸웠었다. 날이 갈수록 의사와 환자의 신분이 서서히 뒤바뀐 게 원인이었다.

정신과 의사놈 저게, 되려 미친 작자다.

내가 먼저 질렀다.

"당신은 개다. 개가 왜 개인 줄 아느냐?"

"개로 말하자면, 사람과 비교해 네발로 걷고 말도 못하고……."

"됐다."

"되다니, 뭐가?"

"개는 개니까 개다. 것도 모르는 주제에!"

난 적어도 이랬던 거다.

세상만사 탁탁 끊어서 아니면 아니고 기면 기지, 의학적·정신적 운운의 긴말은 딱 질색이다.

나의 취향은 일도양단이다.

이 소녀스님, 참 맘에 든다. 어쩔 줄 모르겠다. 괜스레 사지를 비비꼰다. 정식 청혼을 할까. 보쌈 하듯 얼싸안고 달아나자 꼬드길까.

아이고, 모르겠어라.

사나이 대장부로 태어나 남이장군은 약관에 천하를 호령했댔다. 내비록 어린 열네 살일지라도, 나는야 적어도 이 한마디 말만은 전해야씩씩하겠다.

"스님은 나의 짱입니다."

"짱?"

"내게서 하늘이라는 뜻."

"해 뜨는 동녘이 어느 쪽이죠?"

완전 또라이 취급으로 급전향한다.

이래선 안 된다. 세차게 돌진해야겠다.

"저도 中이 되겠사옵니다."

이런 교활한 놈 같으니라고.

나도 몰래 부지불식간 이조풍의 궁중말투까지 코맹맹이 내시 어감으로 튀어나와 버린다.

"中이라고요?"

"그렇사옵니다."

"왜죠?"

"中은 새 나라의 중심이 아니옵니까?"

시간을 끌어야겠다.

예쁜 여자랑은 오래오래 알콩달콩 지지고 볶는 게 최상급 계책이라고 손자병법(?)에 기술된 바 있다. 내 금년 정초의 토정비결 점괘도 가라사대 출행함이 길하니, 가을철 산으로 가면 반드시 황금잉어를 낚는다는 운세였다.

"애기스님."

"네?"

"제가 누군지 모르시와요?"

불현듯 홍두깨 해왈이 아른거려 헤까닥 돌았었나 보다.

이 여잘 난 다짜고짜 내 궁극의 애인일 왕조가비 선녀로 혼동해 버린 거다. 왜냐, 내 태어나 오금이 저리도록 이만치 예쁜 년 만나기 첨이었기 때문이다.

"누구라뇨?"

"낙동강 칠백 리의……."

"말을 빙빙 돌리지 마세요. 전 고향이 강원도에다 여섯 살 입산자인 지라 낙동강 칠백리가 어덴지 깜깜이에요. 다만 일찍 자고 일찍 일어나는 새 나라의 어린이람 제가 딱이죠. 오후 아홉시에 쿨쿨하고 오전 세 시면 쨍그랑 기상하니까요."

"꼭두새벽에 눈 부비고 무얼 하오시는지?"

"금강경 독송."

"소쩍새 우는 사연이옵니까?"

"네네, 소쩍새 산비둘기 산까치들, 두루두루 뭉친 사연이에요."

이 소녀, 예쁘면서 수상쩍다.

금강경인지 금도깨비인지 소쩍새와 내통하는 괴문서 새벽 도와 읽는 다면, 간첩교육 받는 건지도 모른다. 응답하라 산까치, 여기는 소쩍새 오버!

그 시절 남조선 전봇대마다 붙어 있던 간첩색출 표어다. 자나 깨나 불조심만치 흔해 터져 일상화되어 버린 구호이기도 했다. 그로부터 60년이 지난 21세기에 비슷한 포스터가 TV 화면 통해 평양거리 곳곳에서 눈에 띈다. 분쇄하자 미제국주의! 백두혈통 결사옹위!

아아! 낙동강 칠백 리 아스라한.
난 깨북정이 소아기 대부분을 안동의 낙동강에서 물고기 낚고 조개 캐며 보냈다. 해가 이슥해 지쳐 돌아오면, 집 안은 언제나 텅 비어 한가롭고, 꽃무늬 화사한 보자기에 덮인 밥상만 대청마루를 지키기 일쑤였다. 얏호, 그런대로 열광할 밖이다.
음식이 저절로 하늘에서 쏟아지다니!
게다가 반찬은 냠냠 맛나는 더덕구이에 송이무침이기 다반사다. 오냐, 좋다. 먹고 놀자.
아니다. 놀고먹자!

평생 놀고먹을 수 있다면 이거야말로 오뉴월 개 팔자 더하기 주님의 은총 곱하기 부처님의 가피 아니던가. 하지만 이놈의 철딱서니 좌표는 바로 지금의 날라리 비구니를 만나며 수상쩍게 바뀌고 만다.

먹고 사랑하자!

그래, 먹고 사랑하자였다.

먹고 죽은 귀신과 사랑받다 죽은 귀신들 때깔도 좋다는 유언비어가 예부터 전해 오는 터다.

암튼, 이쯤에서 다시금 돌고 돌아 세월은 우리 집 대청마루다. 게걸스레 쩝쩝 입맛 다시노라면 정말 웃긴다. 적막강산 속에서 어드멘가 숨었던 엄마가 불쑥 나타나는 거다.

"우리 아가 잘 먹는구나."

이게 뭔가.

잘 먹어만 주면 어화둥둥 우리 아가인가. 순간 난 외롭다. 울음을 으앙 터뜨린다. 엄마는 그제야 적잖이 당황하신다.

"아가야, 울음 뚝!"

"응."

"그 음식은 왕조가비 선녀가 차린 특별식이란다."

"왕조가비 선녀?"

"장차 너랑 신랑각시로 짝짜꿍할 처자지. 네가 사시사철 물장구치며 낚시질하며, 또는 앉은뱅이 스케이트 타는 강심 깊은 곳에 잠겨 눈이 오나 비가 오나 널 지켜보는 겨."

"만세!"

날 지켜보는 여자가 엄마 말고 또 있다니 놀랄 '노'자다. 난 일단 엄마를 사무치게 좋아한다. 여자니까 좋아한다. 아빠는 질색이다. 남자니까 싫다. 그런데 내가 모를 왕조가비 여자선녀가 덤으로 끼어들었다니, 이건 쾌지나 칭칭나네다.

야멸차게 족쳐야겠다.

"애기스님의 전생 고향은 혹시 강물 속?"

"어머머, 갈수록 태산이네요. 제가 골뱅이나 피라미로 보이세요?"

"아니, 아니옵니다."

"아니면요?"

"죄송하옵니다."

"놓치지 마세요. 지금 수작은 절 홀딱 꼬시려는 거죠?"

"꼬시다뇨. 천벌 받을 망발은 삼가소서."

예쁜 여자는 종종 멀쩡한 남자를 멍텅구리로 몰아간다. 정신 바짝 차려야겠다.

"애기스님께선 금강경이 무슨 난수표이간데, 자나 깨나 외우시옵니까?"

"것도 모르세요?"

되돌아오는 건 날선 핀잔이다.

아무렴 어때. 핀잔이라도 감지덕지다. 예쁜 여자가 행하는 바는 일거수일투족, 모든 게 귀엽기 마련이다.

마트(mart)에서 물건을 살 때도 예쁜 여자 종업원이 바가지 씌우면 그마저 고맙게 접수한다. 병원에서도 예쁜 간호사가 주사 놓으면 하나도 안 아플뿐더러 밉상 간호사가 주사 놓으면 뒈져라고 아프다.

무작정 병원에 다닌 적 있었다. 간호사가 예뻐서다.

"간호사님, 안녕?"

"배탈 치료는 어제 끝났잖아요."

"오늘은 두통이에요."

"몇 살이죠?"

"열 살."

"하마 매일 출근 보름째에요. 내일은 어디가 아파서 올까요?"

"주부습진에 생리불순."

"그건 여자들 질환인걸요."

"아무렴 어때요. 주사 찔러 주세요."

예쁜 간호사 만나려고 내 쪽에서 솔선수범해 몸땡이 구석구석 병이 났었다. 만일 그녀가 내게 삶은 계란이 먹고 싶다고 했다면, 난 아예 삼계탕을 뚝배기 째로 갖다 바칠 정도였으니까.

엄마젖 떼고부터 예쁜 여자에게 혹했다.

여자는 좌우지간 예쁘고 볼 일이다. 여자 미우면 일등급 죄악이고, 여자 예쁘면 일등급 대박이다.

"금강경 몰라 천추의 한이로소이다. 통촉하소서."

"통촉이라뇨?"

"그냥 통촉이옵니다."

"저도 자세히는 모르는 건데."

"예쁜 여자도 모르는 게 있사옵니까?"

"네?"

"아차, 입방아가 깨방정이옵니다."

"처사님은 무언가 이상해요."

"죄송하옵니다."

"또 죄송?"

"아니옵니다. 정신 차릴 터이니 금강경 설해 주소서."

"읽고 자꾸 읽으면 피가 되고 살이 되는 그런 거래요. 학생 처사님이 고등학교로 올라가면 배우겠죠."

"속성 코스는 없사옵니까."

"더 쉬운 것도 있어요."

바구니 소녀가 한발 살짝 빼며 색다른 미끼 던진다. 어흥! 앞뒤 가리지 않고 난 덥석 물어 버린다.

"쉬운 거라뇨?"

"예불문이에요."

"하교해 주옵소서."

"처사님은 언행이 꼭 고구려 벽화 같아요."

"언짢사옵니까?"

"그런 건 아니고."

아니란다. 아니라면 우린 찰떡궁합이다. 가슴이 두근 반 세근 반 콩닥거린다. 머릿골 띵하게 열도 오른다.

"착한 소년 받아 주소서. 날 문전박대한다면, 스님은 나쁜 가시내이옵니다."

"정신 차리고 예불문에나 신경 쓰세요."

"네네, 퍼뜩."

"준비되셨나요?"

"되셨사옵니다."

당황한 나머지 내가 내게 존댓말을 퍼붓는다.

"받아 적으세요."

당찬 명령이다.

"네, 목숨 걸겠나이다."

"그전에, 처사님."

"네?"

도대체 왜 이다지 뜸을 뜰일까. 이러면 김샌다. 살짝 짜증이 날까 말까 할 때, 그녀가 또 앞장선다.

"먼저 약속해 주세요."

"무엇이옵니까?"

"우리가 단둘이 만난 건 하늘만치 땅만치 비밀이에요. 들키면 전 절에서 쫓겨나걸랑요."

"지키다마다요. 비밀 지키는 덴 미련 곰탱이 돌쇠올시다."

'돌쇠'란 내가 관람한 무슨 국산영화에 나왔던 우직스런 시골머슴이었다.

"그렇담 전하겠어요."

"오시와요."

계향 정향 혜향 해탈향

계향이라니, 징향이라니? 아무래도 께름칙 켕긴다. 이놈의 산골이 김일성 아바이의 무슨무슨 아지트 같다.

"부처님은 왜 간첩들 암호문을 쓰시옵니까?"

"뭐가 어째요?"

"죄송 천만으로 잘못했사옵니다."

"자, 연속 나갑니다."

"넷."

그녀가 어찌나 속사포로 지지배배 쏘아 갈기는지, 난 선불 맞은 멧돼지 마냥 건성건성 휘갈긴다.

"두 번째 줄은?"

"옴 바라 도비야 훔."

"도깨비 훔 아니오라?"

"뭐, 뭐, 도깨비?"

하다가 말고 그녀가 소스라친다.

"워따매! 방금 들으셨죠?"

"뭘?"

"저녁공양 쇳송이에요. 좀 전 땡땡거린 꼬맹이 종소리요. 저 공양 간 심부름 담당이걸랑요."

아유, 까무러치겠다.

공양은 얼어 죽을 무엇이고, 공양 간 심부름 담당은 달리 무엇이라냐.

용용 죽겠다.

그녀는 어느새 나 몰라라 달라빼는 중이다. 난 닭 쫓던 개 지붕 쳐다보기라 너무 다급했다.

"스님아, 애기스님아!"

이름도 성도 모르는지라 반말로 마구 불러 대는데, 이게 도량에 번지는 땅거미 가로질러 그녀 고막에 꽂혔나 보다.

"네?"라는 물음표가 화살처럼 돌아왔고, 난 "끝 구절!"을 부르짖는다.

지성이면 감천이라던가.

"개공성불도"란 답신이 악을 쓰며 내 귀청을 때렸다.

"개공성불도?"

"네, 개공성불도!"

우라질, 무신 놈의 개떡 암호문일까?

그날 이후, 난 혼자 끙끙 앓으며 금강경 암호문부터 파헤치기 바빴다. 온통 난해한 한문투성이다.

여시아문 하사오니

발 아뇩다라

삼약삼보리심 하고

도무지 귀신 씻나락 까는 소리.

금강에서 물고길 함부로 잡으면 십 리도 못 가 발병난다는, 스님들 고유의 아리랑 타령일까? 금강에서 오붓이 경(sutra) 읽으면 읽는 족족 몽땅 금싸라기로 변한다는 뜻일까?

부처님은 너무 어렵다. 산 넘고 산이고, 물 건너 물이다.

에라, 모르겠다. 골치 아픈 건 잠(sleeping)이란 짐승한테 맡기고 난 큰 대자로 누워 그녀 꿈이나 꿔야겠다.

아무리 철부지일지라도 나도 인생이다.

내 기구한 인생이 어디에서 출발해 어디로 흘러갈지는 이미 열네 살의 상상을 넘어섰고, 애기스님을 쉬 잊는다는 것도 이미 내 의지로 어찌될 사안이 아니었다.

Ring Buddha's foot print

더구나 단둘이 살짝꿍 만난 건 일급비밀이라 철석같이 언약했던 고로, 뉘에게 선불리 물어보거나 발설할 계제도 아니었다.

원통해도 어쩔 수 없다. 아아, 빨리 어른이 되어야겠다.

Were I a bird, I would fly to you!

그러는 사이, 그녀 향한 짙은 그리움은 슬슬 악몽으로 일그러져 가위눌림에 시달렸다.

가고 싶어도 가지 못하는 꿈.

갖고 싶어도 갖지 못하는 꿈.

남녀 간 이별장면 중 단연 압권인 건 젖은 눈으로 물끄러미 쳐다보다가 돌아서서 말없이 가 버리는 그런 것일까.

쌤통이다.

이 마당에 남자새끼가 어디로 꺼졌는지는 신경 쓸 필요가 없다. 남자는 뒈지건 말건 지가 알아서 할 일이다.

핵심은 여자다. 여자는 독하게 예쁘면 종교 따위 무시해 저절로 천당 가게끔 계획된 작전이 하늘의 뜻이거늘, 애기스님은 왜 을씨년스런 中 노릇을 해대는 것일까.

우리가 일편단심 뭉치는 게 하늘 뜻이다.

피차 힘을 보태 기독교와 불교가 으르렁거리는 꼴사나운 버르장머리 확 뜯어고치고 양 편의 장점만 간추려 "불독교"를 건설하는 게 우리들 급선무다. 불독교란 합성어가 거슬리면, 우리네 할마시들 옛 발음인

"뿌루도꾸교"라도 괜찮다.

심심산천 딱따구리는
쌩구멍도 잘 뚫는디
우리 집 바보 새끼는
열린 구멍도 못 찾아
허구헌 날 헛발질이네

그러던 어느 날, 마침내 썩은 구멍에서 숨통이 터진다. 예불문의 끝 구절이다.

개공성불도

암호문 속에 감춘 내밀한 뜻을 알아낸 거다.
뭐 간단했다. 굳이 풀자면, 개도 사람과 공평하게 성불사로 나들이 간다는 그런 내용 아니던가.
구슬픈 가곡에 대해 기억들 하시는가?

성불사 깊은 밤에
그윽한 풍경소리
주승은 잠이 들어
객이 홀로 듣는구나.

시어터진 성불사가 어딘진 모르겠으되 우리 집 메리(내가 키우던 삽살 개)가 나랑 오순도순 함께 간다니 기분 째지게 좋았다.

암, 개공성불도, 개향징냥이다.

가고 보자. 앗씨비야.

그리하여 무작정 가 보았다.

갔더니 엄청 의외였다. 막심한 중노동이었다.

"고춧가루 눈알에 비비고 시궁창을 기어라. 이곳은 귀신 잡는 해병도 두 손 든다는 빵빵이판 卍님들 특공 훈련소다!"

열네 살에 수학여행 갔다가 열아홉 살에 돌아온 북망산 맙소사.

서른 명 본방 스님들 중 한글을 깨우치지 못한 까막눈이 절반 이상이 었다.

"이곳이 정녕 인생 수행처입니까?"

"암은."

"낫 놓고 기억자도 모름시롱?"

"허벌난 세간 지식일랑 망상일 뿐이제."

무식하면 무식한 만치 순수해야 하건만 그렇지도 않았다.

간부스님들은 가난뱅이 마을 주민에게 쌀을 구어주고 이자를 받는 일명 장리놀이도 서슴지 않았다. 월수놀이, 일수놀이도 횡행했다. 수 단방법 총동원해 돈 밝히는 건 시정잡배 저리 가였다. 한술 더 떠, 고자나 호모(homo)까지 드문드문 뒤섞였다.

고얀지고!

하다 보니 온종일 허튼소리 우스개다. 그랬다. 참으로 형편없는 오 합지졸 집단이었다.

"안녕하슈, 큰스님?"

"안녕하제, 갸륵갸륵."

×이 커서 큰스님인지 키가 커서 큰스님인지, 자신에 관한한 맹탕이면서 큰스님이라 부르면 무조건 좋아서 헬렐레다. 난 이따위들 뒷바라지 하랴 중노동이고 내가 정말 中이어서 中노동이었다.

첫 숟갈에 망조였다.

만사 앞질러 애기스님 만나고 싶으나 쫄따구 행자(견습승려)로선 그마저 여의치 않았다.

中이란 과연 무엇일까?

금강경을 거꾸로도 달달 외운다는 아흔 살 노장님께 따져볼 밖이다.

"노스님, 존경하는 노스님, 中이 무엇이옵니까?"

"진돗개."

어럽쇼. 치매 걸린 영감태기다.

곁의 노장님 엑스트라들 역시 엇비슷한 풍토병 증세를 내비친다. 본인인들 알고서 내뱉는 꽈배기일까. 아니면 나도 남도 모를 헛소리일까. 까짓, 거야 어쨌든 기왕 내친김이다. 더 물고 늘어진다. 훗날 북망산 방장으로 출세한 혜경 스님에게다.

"개한테도 불성(부처 될 소질)이 있습니까?"

"無!"

"없다는 거군요"

"有!"

무에는 유고, 유에는 무라니…… 이야말로 콩가루 만담에 앗싸비야 품바다.

있는 것도 아니요, 없는 것도 아니요, 아닌 것도 아니란다. 신경질 팍팍 난다.

"유무가 하나라면 개는 왜 사람이 못됩니까?"

"거야 개한테 물어야제."

"푸하하."

비겁하다 못해 한심하고, 한심하다 못해 괘씸하다. 팔도강산 큰 스님들은 모름지기 개한테 허락받고서야 입산하였단 말인가.

여시아문 하사오니 컹컹
아데아데 바라아데 컹컹

中이 위대한지 개가 위대한지, 까짓 거야 모르겠다.

지금이야 내 비록 개만도 못한 신세일망정 뉘 알랴, 시절인연(good moment) 도래해 어느 날엔가는 우리 모를, 내 모를 성불사 중흥불사의 크나큰 주춧돌로 쓰일 수 있을지도.

유야무야 다음으로 터득한 건 술이었으니, 中되러 왔다가 고상한 것만 골라서 배운 꼴이다.

"행자님, 입산 백 일 기념으로 한 잔."

"네."

"승복 첨 입는 기념으로 한 잔."

"네."

"금강경 공부 첫 시작으로 한 잔."

"싫습니다."

"왜?"

"난 진짜배기 中이 하고 싶으니까요."

"中이 별것이간디."

"주야장천 마시고 취하는 게 中입니까?"

"그러지라. 中은 취해야 中인 겨."

기라성 같은 선배승들은 이등병 계급장의 신출내기에게 시도 때도 없이 술을 권했다. 나도 타고 났나 보다. 다고난 DNA를 이들이 일깨워 주었다고 해야 할까.

"술보살님, 충성하겠습니다."

진지하고 거룩하게 마시기 시작했다. 입산 초창기 내게 술길 터주신 월초스님, 의현스님, 성호스님 위시해 그들의 은덕을 결코 잊지 못한다.

냉장고가 없던 시절이다.

산중 최고 어른이신 벽고노장님 필두로 방귀깨나 뀌는 원로 스님들은 대웅전 앞마당에 열 평 남짓한 미니(mini) 양어장 만들어 안주용 민물고기(일명 어선생)를 손수 키워 매운탕 끓이더란다. 아날로그식 자급자족 시스템이다.

절에서 물고기 양식해 술안주로 먹는다!

극심한 보릿고개로 사회에선 눈알이 핑핑 돌아가는 고난의 행군이건만, 맙소사 용궁은 신선놀음에 도끼자루 썩는 줄 모르는 먹자골목 바로 거기였다.

타고난 팔자소관이라 어쩔 수 없단다. 덩달아 내게서 일취월장 하는 건 주량이었다.

정확히 입산 1년 만에 나는 내 독방을 술창고로 개조해 쌍둥이 술독을 묻었겠다. 아랫목 술독이 비는 동안 윗목에선 예비용 한 독이 연속으로 익어 가는 자동화 시스템이다.

中아 中아 까까中아
잘 마시는 술 한 잔
열 잔 보약 안 부럽구나.

알고 보면 술맛 제대로 나는 명당이 심산 고찰이다.

밤이면 풀벌레 블루스, 낮이면 산새들의 탱고, 사이사이 코러스로 쌓이는 태고의 정적, 결과하여 고찰은 요람이었다. 권력 막강한 대통령인들 재력 빵빵한 왕회장인들 이만한 분위기 상상이나 할 수 있당가.

나의 절은 이른바 까페템플(cafetemple)이다. 사시사철 친환경적 니나노가 피고 지는 파라다이스, 그곳에서 해가 뜨면 난 마시고, 해가 지면 더 마신다. 알코올은 관세음보살의 실핏줄이다.

탁주는 밀가루로 빚고, 막걸리는 밀가리로 빚는다.

2년차로 접어들자 일일이 퍼마시는 것도 귀찮아 술독에 고무호스를 박아 버린다. 앉으나 서나 누우나 엄마젖 빨듯 호스만 쭐쭐 빨면 술은 무진장 쏟아지니, 일명 자판기 술샘이다.

나는 술中으로 출세했다.

개천에서 용 났습니다. 선친들은 기뻐하소서.

술 잘 먹는 맏아들을 술독에다 집어넣고, 그 이튿날 열어 보니 안주 달라고 손짓한다지 뭐겠수.

내가 주야장천 취하는 동안 방장스님은 신도랍시고 어리숙한 시골

할마시들 상대해 별 영양가 없는 사자후나 연신 터뜨린다.

"불자들이여, 천지창조를 거울 속에서 보지 말지로다. 찬 서리 내리는 날 저 벽공의 기러기는 뉘와 함께 하리요. 부처님은 오로지 외로운 중생들 구제할 일념으로 탯줄 끊자마자 일곱 보 걸음마 떼며 천상천하 유아독존 외쳤던바, 아악, 이 무슨 도리인고?"

저게 도무지 법문인지 약장수 만담인지 구별 못하겠다. 난 은근슬쩍 비아냥댄다.

"큰스님, 법문이란 초등학생 비롯해 대학원생, 노동자, 노숙자 등 모두가 골고루 알아들어야 제격입니다. 보다 쉽게, 보다 간절히 하세요."

"시방 날 비방했나?"

"네."

"최고 존엄 모독이로다!"

이래저래 부딪히는 일이 많아지다 보니, 본방 식구들은 방장스님 위세에 눌려 은연중 내가 사라져 주길 희망하는 눈치였다. 무거운 절이 떠나느니 가벼운 中 한 마리가 떠나는 게 한결 경제적이란 이론이었다. 왈 창조경제의 시발이다.

난 낙인찍힌 기피인물이 되고 있었다.

뭐, 따지고 보면 나도 나쁜 놈이다. 어쩌면 무전취식을 전제로 한 비정규직 위장취업 승려가 나인지도 몰랐다. 고로 따가운 눈총 받으며 저들의 손톱 밑 가시로 살아갈, 수밖에 없었다.

하지만 술맛은 알딸딸 계속 나는 걸 어떡하느냐.

中놀이 뱃놀이 시시하다가 말다가, 그러길 2년 3개월째 접어들자, 꼬마행자 명호가 핑크빛 쪽지 한 장을 살짝 물어 날랐다. 녀석은 이따금

내게 권주가를 불러 주는 우방군이다.

"닷새 후 보름밤 기해 각시바위에서 기다리겠어요."

드디어 임신암 애기스님의 첫 소식이다.

각시바위라면 동쪽 해오름골의 갈대밭이다. 오냐, 가고 말고다. 오늘이 바로 닷새 후의 보름밤이다.

임 찾아 으라차차!

초록 잎 무성한 초여름 밤의 북망산 오솔길, 곤두박질치는 별빛 알갱이는 쌉쌀한 호르몬 냄새처럼 매혹적이다.

오가며 그 집 앞을 지나노라면

그리워 나도 몰래 발이 멈추고……

가곡을 흥얼거리며 파릇파릇 번지는 갈대밭 헤저을 때 속살 환한 보름달은 더욱더 팽팽하게 부풀어 오른다. 가히 몽환적인 수채화다.

한 발 두 발, 각시바위 그 집 앞.

달빛 탁본한 달빛 여자가 함초롬히 서 있다.

"애기스님, 까꿍!"

"학생 처사님, 뿅!"

그녀는 방끗방끗, 난 가슴이 두근 반 세근 반.

"그리웠사옵니다."

"스피치 스타일(speech style)은 여전히 고구려벽화 그대로군요."

스피치 스타일이라니, 애기스님 입에 올리기엔 약간 어색한데다 그녀가 영어를 사용한다는 게 더 신기했다. 나랑 헤어졌던 그동안 불행할 수도 있는 자본주의 물을 먹었다는 것인가.

"사랑하자고요."

"보고 있으면서 보고 싶사와요."

그녀 말투도 부지불식간 백제고분으로 퇴색하고 있었다.

"맘껏 보사이다."

삼강오륜 따지며 심각한 건 딱 질색이다.

절대적으로 느슨할 필요가 있는 비상 상황이다.

"까까숭이 여성동무."

"반당 학생스님 동무."

"잘 오셨씨요."

북조선 말솜씨로 멋을 부리자, 그녀도 이내

"으헤헤헤."

하고 웃음보를 터뜨린다. 다음은 지금 당장 세상말세였다. 또는 세상 시작이었다. 으스러져라 부둥켜안는다.

여시아문 하사오니
키스키스 아데바라

십 분쯤 쌍둥이 망부석으로 굳었다가 자칫 심장마비 걸릴까 겁나, 우린 숨을 할딱이며 키스에 열중한다. 나도 너도 태어나 처음 해보는 키스다. 우린 왜 다시 만났을까?

아무도 모른다. 하늘의 장난이다. 그게 아니라면, 부처님의 장난이다.

침묵이 더는 힘들다. 배뱅이굿이건 살풀이 굿이건 뭐든 떠들어야겠다.

"낭자는 방년 몇 살이옵니까?"

"갓 스물하나"

"캬, 고것도 나이라고 짊어지고 다니옵니까?"

"동갑내기로 아옵니다만."

"같은 띠 동갑에도 아래위가 있습니다."

"뭐라고요?"

"나는 사회적으로 선배."

"저는 승납으로 선배."

유유상종이라던가. 우린 어느새 사춘기적 철부지로 복귀해 도란도란 풋사랑 추억에 잠긴다.

고리타분한 고구려벽화나 백제고분 말투도 훌훌 털었다.

"애기스님 법명은?"

"혜정이에요."

"성씨는?"

"박혁거세 박씨."

"고향이 강원도랬죠?"

"네, 원주시 단계동."

하지만 이건 대단히 위험한 불나방 데이트였다.

머리카락 꽁꽁에서 들킬라치면 인민재판에 붙여져 돌무덤이 되든지, 아니면 무지막지한 왕따를 당해 식물인간으로 살든지, 둘 중의 하나다. 숫중(♂) 암중(♀)이 어울랑 붙으면 순수 설산 혈통이 탄생하리라 공상하겠지만, 그건 오로지 최고 존엄의 귀족들(royal family) 몫이고, 우리네 하층계급 스님네야 오나가나 찬밥 신세다.

내 일찍이 목격한바 맙소사 비구랑 임신암 비구니가 갑돌이 갑순이로 돌변해 줄행랑치는 사례 비일비재했었다. 그들의 훗날은 속가에서 남자는 주로 하인이었고, 여자는 식모(가정부)였다.

하면 어떠냐. 불전(부처님 돈) 도둑질해 문방구나 치킨 점 차리느니, 무일푼으로 기어나가 사랑에 목숨 거는 게 훨씬 인간적이고 부처님적이겠다.

어떤 ㅐ은 가짜ㅐ을 가짜 절에 소개하는 사이비 전용 직업소개소도 차렸다. 실례로 많은 조계종 사찰에서 가짜ㅐ을, 이른바 3D업종에 속하는 새벽예불 전용 도우미로 고용했었다. 진짜 ㅐ은 밤새워 취하고 고스톱 화투놀이 즐기느라, 새벽시간엔 인사불성인지라 별수 없었다.

"몽스님께선 우리가 점령한 각시바위의 유래를 아시나요?"

"난 아직 아무것도 모르는 햇ㅐ입니다."

"모르심 들어 보세요. 각시바윌 입체적으로 세밀히 살피면, 중간 부위에 복숭아처럼 야릇한 홈이 파였걸랑요. 비유컨대 여자의 음부에요. 천 년 전 이곳 맙소사를 창건할 즈음, 신원미상의 꽃녀가 하강해 목수들의 궂은 일 뒷바라질 도왔다지요. 목수들은 저마다 군침 흘리며 꽃녀와의 각별한 연분을 탐했고요."

"흥미진진."

"근데 말이에요. 대단위 10년 불사가 회향하자 총각 목수들이 다투어 청혼했고, 그때 꽃녀는 여기 갈대밭으로 종종걸음 치다가 각시바위 속으로 몸을 날렸다지 뭐에요."

"불보살이 파견한 비밀 요정이었군요."

"바로 저였다고요."

언감생심, 그럴 수도 있다.

그녀가 비밀 요정이었다면, 난 봉새 도편수였을 것이다. 봉새는 3만 리를 날아도 벽오동이 아님 내려앉길 거부하고, 석 달을 배곯아도 천리향 꽃술이 아님 입에 대질 않는 새다.

맞아, 난 봉새 도편수였어. 그뿐이었을까.

물고기로 나섰다면 3천 겹 쇠그물에도 걸리지 않는 불굴의 금니였을 테고, 꽃으로 나섰다면 3천 년에 딱 하루만 핀다는 우담바라였을 것이다.

그러한 까닭에 우린 만났다.

"애기스님은 그동안 어찌 지냈다요?"

"그날 이후 학생 처사님과 동등한 교감으로 만나고자 피나는 노력을 기울였겠죠."

"세속 공부하셨군요."

"네."

"구체적으로."

"주변의 온갖 눈치코치 물리치며 중·고등 과정 검정고시로 일사천리 거쳤죠. 완전 열공이었어요. 금강경 숙지하는 틈틈이 여시아문 수학 여시아문 영어였고요."

"영어도 한다고요?"

"당근이죠, 아이 엠 어 껄 유 아라 뽀이(I'm a girl you are a boy). 디스 이즈 보꼬(This is book)."

발음은 엉망이나 열정은 가상했다.

"덤으로 세계명작 백 권 돌파에, 클래식 백 선을 졸업했구요."

"명작이라면?"

"거 있잖아요. 〈무기여 잘 있거라〉, 〈데미안〉, 〈인간실격〉, 〈죄와 벌〉, 〈어린 왕자〉, 〈레미제라블〉, 〈부활〉, 〈돈키호테〉 외 다수."

"소감은?"

"그것들 읽으며 금강경 핵심을 새로운 관점에서 재조명 한 게 소득이라면 소득이죠."

"듣고 싶소."

"말하자면 이런 거예요. 금강경이야 말로 내면의 무의식을 곧이곧대로 성찰한다는 관점에선 정신의학이고, 끈질기게 존재의 근원을 추구하는 선상에선 철학이고, 긍정부정의 막다른 불가사의를 파헤치는 측면에선 물리학이고, 잡동사니 비대칭에서 특유의 아름다움을 캐내는 점에선 예술이고, 극과 극을 합리적으로 포용하는 시각에선 종교이고요."

"그랬군요."

"그랬어요."

그동안 애기스님은 동자입산(열 살 미만의 출가)의 한계와 열등감을 극복하고자 금강경 한칼 갈았음이 분명했다. 어쩜 애절하고, 어쩜 존경스러웠다.

"클래식은 무슨 무슨?"

"베토벤, 모차르트, 헨델, 푸시킨, 브람스."

"그중에서도."

"가슴을 찢어 주는 건 헨델의 〈메시아〉와 베토벤의 〈심포니 9번〉이었어요."

"한국으로 좁히면?"

"〈동심초〉, 〈바위고개〉, 〈가고파〉."

"뽕짝이라면?"

"〈타향살이〉."

"듀엣으로 불러 볼래요?"

"아이, 좋아라."

타향살이 몇 해던가 손꼽아 헤어 보니

고향 떠나 십여 년에 청춘만 늙어♪♪

노래 부르는 바구니 얼굴이 스산히 창백했다.

순간, 나는 이 여자를 위한 무엇인가가 되고 싶다는데 이를 악 문다.
모란꽃이 제 아무리 화려한들 뒤에서 진초록 이파리가 받쳐 주지 않음
고유의 자색을 발휘치 못하듯, 나는 이 여자의 감동이어야 한다.

"코리아 따봉!"

오늘날 굴지의 글로벌 기업으로 우뚝 선 현대조선도 도약의 발판은
현장 견학 왔던 한 초등학생의 장난기 어린 한마디였다고, 어느 TV특
강에선가 들은바 있다. 즉 껍질을 깨고자 용트림치는 공룡 알을 꼬마
가 콕 쪼아 준 것이다.

"아저씨들, 배는 왜 육지에서 못 만드나요?"

이 평범한 흘림 말을 비범하게 새겨들은 간부가 육상 도크(dock)란 걸
창안해 대형선박을 되도록 쉽게 되도록 경제적으로 육지에서 건조하기

시작했다는 것.

세상만사 아무리 복잡해도 기본원리는 거기서 거기다. 거기서 거기를 알고 나면, 땅 짚고 헤엄치기다. 가장 평범한 데서 가장 비범한 게 돋아나고, 가장 겸손한 데서 가장 잘난 게 싹튼다.

달빛은 점차 눈부시게 자지러진다.

달빛에 취해 새콤달콤 그녀를 응시한다. 바라볼수록 그녀는 참 예쁘다.

"빤히 째리시니 무안하네요."

그녀가 두 손으로 얼굴을 가린다.

문득 시인 정지용 씨의 시구가 떠오른다. 보고픈 마음 호수 같으니 눈을 감을 수밖에 없노라는.

"그나저나 내가 입산했다는 소식 어찌 알았다요?"

"그동안 신중행사 때마다 먼발치서 두어 번 눈여기며 갸우뚱 미심쩍었었죠. 결정적인 건 달포전이에요. 등나무 군락지인 여우골에서 고사리 뜯다가 가까이서 작업 중이던 맙소사 동자님들 노랫가락 들었겠죠."

"애들 귀엽죠?"

"귀여우면서 안쓰러웠어요. 그 나이에 억지 춘향이식 中노릇으로 살아야 하니까요. 가슴에서 우러나지 않는 입산이 진정한 출가일까요? 그건 무단가출이자 고등 앵벌이꾼 인생이에요. 저도 동일선상의 한 통속인지라 무언가 슬프고 애달파요."

"너무 자조하지 마세요. 어떻게 왔던 인생은 밑져야 본전입니다."

"우리도 헤어질까요?"

"빠르면 오늘밤."

"맞아요. 만남은 이별의 시작이니까."

"꼬마 행자들이 고사리 뜯으며 불렀다는 노랫가락이나 들려주소. 기분전환도 할 겸."

"토종 각설이 타령 가락인데, 가사가 별 났어요."

"어떻게?"

허 씨구씨구 들어간다

저절씨구 들어간다

일전에 한 잔을 놓고 보니

북망산 몽이 스님은

中하기 아까운 인물

가갈갈갈 붐빠라 붐빠

맙소사 몽이 스님은

위험천만한 요주의 인물

이전에 두 잔을 놓고 보니

그놈은 멀리 할수록 신나네

허 씨구씨구 들어간다

가갈갈갈 붐빠라

"그랬군요."

"충격이었어요."

"실은 내가 가르친 겁니다."

"부럽네요. 비구스님네야 얼토당토 않게라도 스트레스 풀지만, 우리 씬중들은 독 안에 든 쥐 꼴이죠. 죽으라면 죽는 시늉으로 설설 기는 게 미덕이니까요."

익히 짐작했던 바다.

인권의 사각지대, 자아개발의 말살지대, 생김새마저 두루뭉수리 메주짝 닮아야 하는 유전자 변형의 오염지대.

그래서일까.

내로라 뻐기는 유명 한의사들도 청상과부나 바구니들 속병은 치료가 난감하다고 손사래 치더란다. 지당하신 지적일 게다. 음습하고 꽉 막힌 우물 안 세계에 괴질이 만연하지 않는다면, 그게 되레 이상할 것이다.

잠시 침묵이 흐른다.

가까운 숲에서 휘파람새가 휘리릭 보채고, 더 가까운 지척에선 반딧불 무리가 한 움큼씩 떼 지어 맴돈다. 미주알고주알 까발릴 말들, 또 무엇 있을까.

이대로 죽어도 여한이 없겠다 싶을 때, 그녀는 좀이 쑤시나 보다.

"학생 처사님의 출가 동기가 궁금하네요."

뜬금없는 질문이다. 난 피식 웃는다.

"옆길로 새지 마시고."

"뭐 별거 아닙니다. 취미생활 삼아서였습니다."

"옆집에 마실 나가듯?"

"네."

"솔직한 고백이네요. 고승이고 졸승이고 간에 세 치 혓바닥 놀렸다면 견성성불입네 중생구제입네 떠드는데, 새빨간 거짓말이기 십상이죠."

"정상을 참작해 도솔천 감로수 연못엔 ⊅들 혓바닥만 동동 떠다닌다 더군요."

"이실직고 하세요."

"뭘?"

"혹시 저를 보러 입산하신 건 아니세요?"

"벽오동 심은 뜻은 비밀이옵니다."

사실 반쯤은 "너 때문이야!"라고 소리치고 싶었지만, 이빨 악물어 삼켜 버린다. 참는 자에게 복이 온다는 게 제반 종교의 공통된 교육지침 아니던가.

"소문 듣자니 술을 그렇게 즐기신다고요?"

"맙소사에선 주당 챔피언입니다."

"섹스는 해보셨남요?"

"몇 년 전 고2 때 일차 시도했다 실패한 적 있습니다."

"무언가 슬프네요."

"나도 슬픕니다."

막간을 틈타 두견새가 소쩍소쩍 가세했다. 두견새는 두견새여서 두견새다.

계란에선 결코 두견새가 부화하지 않는다. 이 공식은 인터내셔널 조류 정보국에 소장된 극비문서 중 한 줄이다.

그렇다면 인간들이 몹시 궁금하게 여기는 것, 즉 '닭이 먼저일까, 계란이 먼저일까?'는 어떻게 수록되었을까. 역시 간단한 한 줄로 정리한다. 닭과 계란은 한 몸이므로 동시에 출현했단다.

이외에도 조류정보국 엑스파일(x-file)엔 쨍하고 해 뜬 날에 빗방울 오 락가락하는 기상이변이 일어나면 첩첩산중 호랑이님이 도둑장가 가는 신호탄이라 적혀 있다는 것.

밤이 깊어 간다는 건, 날이 샌다는 징조다.

산새도 풀벌레도 잠들었다. 깨어 있는 건 털 없는 두 남녀다.

그녀가 다소곳이 내게 기댔다. 중3 교과서에서 접했던 프랑스 작가 알퐁스 도데의 "별 소녀"와 한국작가 황순원의 "소나비 소녀"가 내 가 슴에서 동시다발 되살아난다. 황홀한 회상이다.

하지만 황홀한 회상도 잠시.

"현몽스님은 들으소서."

차분한 음색으로 그녀들 물리치며 정색을 하는 건 이제 소녀티를 막 벗어난 애기스님이다.

난 심장이 덜컥 내려앉는다. 무언가 중대발언을 할 요량이다.

가고 싶어도 못 가던 꿈, 갖고 싶어도 못 가지던 꿈이 현실로 뒤바뀌 어 지금은 갈 수 있었다. 가질 수 있었다.

쫄지 말자. 정신 바짝 차리자.

"현몽스님."

"소승 여기 있사옵니다."

난 화들짝 놀라 머릴 조아린다.

반면 그녀는 의외로 담담하게 자기 할 말을 계속 이어간다. 남녀 양 성에서 여자가 여러모로 우수하다는 걸 증명하는 자리다.

"제가 정초에 의미심장한 꿈을 꾸었댔어요. 삼칠일(21일간)기도 뒤끝

인지라 얼추 신빙성 있어요. 기도 꿈은 자고로 신통하다는 걸 여러 종교마다 인정했으니까요."

"꿈속에서 내가 예수로 화했습니까?"

"예수라면 쌍수로 환영했겠죠."

"아님?"

"장미꽃을 입에 물고 천지사방에 도화살 흩뿌리는 최고위층 카사노바 최고위층 변강쇠였다고요."

"어떡하죠?"

"벗어나려면 제게서 여잘 졸업하세요."

"비방이라도?"

"두고 보시라요."

정말 신토불이 새 나라의 어린이 그대로다.

그녀가 바르르 떨다가, 지그시 저고리 대님을 푼다. 압축된 7년의 감옥살이 세월이 폭발하려는가 보다. 난 침을 꼴딱 삼키며 거대한 쓰나미 시험에 들 차비를 차린다.

뭐가 뭔지, 온통 뒤죽박죽이다. 그동안 여자하고 한 번도 자 보지 않았다. 시험에 들었다. 몰두해야겠다.

그러나 몰두할수록 수많은 환청이 어지럽게 떠돈다. 꽃피는 소리, 별 뜨는 소리, 하늘이 가만히 떠 있는 소리, 소리, 소리들.

하다가 세상에서 가장 아름다운 소릴 엿듣는다. 여자가 옷 벗는 소리였다.

애기스님이 옷을 벗었다.

당장 봉긋한 젖무덤이 내 시야에 터졌다. 저 미지의 보물 창고엔 오색

무지개 서리서리 맺혔고, 남북한 서로 죽이고 살리는 핵폭탄도 가득 들었을 것이다. 덤으로 오싹한 건 브래지어에 촘촘히 박힌 금강경 글귀다.

여시아문 하사오니
불구부정 부증불감
야견제상 비상 즉견여래

글자꼴은 한문이고, 사용 액체는 먹물이다.

해석컨대 어떤 물상이든 인연 따라 형상만 잠시 바뀔 뿐 본바탕 원소는 늘거나 줄지 않아 항상 그대로라는 것. 이 모든 현상을 제대로 볼 때 즉시 부처를 만난다는 것.

환장하게 좋은 말씀이로고!

그것은 그대로다
It is as it is

과학자들은 뒤늦게 이 원리를 질량불변의 법칙이라 명명하는바, 물과 수증기와 얼음과 구름과 눈비는 형체만 다를 뿐 본질의 원소는 한가지란 뜻이다. 이름하여 '인연법'이다.

거기에 따라 애기스님의 유방은 합당했다.

크거나 작거나 불룩하거나 납작하지 않아 완벽한 중도적 모범 수치였다. 하이얗게 매끈한 이조 백자다. 게다가 냉온 조절이 자동으로 처리되는 전천후 우유통, 고양이가 채뜨리지 못하고 운반에도 편리한 밀착형 용기. 너무 탐스러웠다.

여자가 맷돌만치 젖통 크고 절구통만치 엉덩짝 크면 징그럽다. 손발과 콧구멍이 커도 매스껍다.

애기스님 알몸은 보름달 달무리와 자매결연 맺어도 하등 손색없겠다. 도도하고 신비로웠다.

하지만 애석하게도 거기까지였다. 찬찬히 내려가다가 난 배꼽 아래서 날벼락 맞는다.

겉 다르고 속 달랐다. 칼라(color)가 하얀 원피스 아니라 투피스(two piece)였당께.

망할 년! 시꺼멓게 더부룩해 추접스럽다.

저게 뭐야, 도대체 뭐냐?

난 속았다. 속았었다. 더럽다. 새하얗게 정갈한 몸매에 빌붙었기 망정이지, 엑스(x)만 따로 떼어 낸다면 하늘 아래 이만큼 추악한 물건도 없을 것이다.

이건 아니다. 눈 씻고 다시 봐도, 흉물이다.

하늘이 무너지는 절망감을 만끽한다. 허망하다 못해 졸립다. 슬프거나 화나면 난 일단 쿨쿨 자고 나서 다음을 따지는 묘한 습성을 어릴 적부터 지닌 터다. 길게 하품 토하며 낙동강 동화나라로 밀입국한다.

뜸북뜸북 뜸부기 논에서 울고
뻐꾹뻐꾹 뻐꾸기 숲에서 울제

뜸부기 알을 소중히 간직했었다.

암팡진 고것들 들꽃 잎에 말아 낮이면 양지바른 장독대에, 밤이면 이부자리에 파묻고 알뜰살뜰 다독였었다.

그때마다 엄마는 타일렀다.

"새끼 잃은 어미 새가 얼마나 애간장 태우겠느냐. 우리 아가 착하지. 내일은 아무쪼록 주웠던 제자리에 되돌려 놓으려무나. 어미 새가 백두산이 마르고 닳도록 네 은혜 갚을 거다."

내 나이 여섯 살 때다.

"금싸라기 박씨를 물어 오나요?"

"박씨는 제비 담당이라 뜸부긴 김씨를 물어 오겠지."

"엄마가 김씨잖아요?"

"그러니까 또 다른 엄마."

"엄만 많을수록 신나는 거예요?"

"그런 건 아니고."

"아니면요?"

"또 다른 엄마는 왕조가비 선녀지."

"내 색시?"

"아무렴"

"뜸부기는?"

"당연히 너희들 신하지."

"알았어요. 내일 제자리 돌려놓겠어요."

그랬지만 빗나갔다.

모자간의 밀담을 몰래 엿들은 엄마 남편이 내가 잠든 사이 뜸부기 알을 술안주로 날름 삶아 버린 것이다.

나쁜 엄마 남편. 어리다고 날 깔보았는가. 당신은 나랑 뜸부기 사이 돈독한 우정을 이간질 시켰음에 명대로 살지 못할 것이다!

아니나 다를까. 젖비린내 새콤한 어린 왕자의 증오로 인해서였는지, 엄마 남편은 머잖아 꼴까닥 서산마루로 기울고 만다.

"어마나, 식은땀 좀 보게."

애기스님이 석간수 촉촉이 적신 손수건으로 바지런히 내 얼굴을 닦아 내고 있었다. 깜빡 잠들었나 보다.

물끄러미 그녀를 응시한다.

참 예쁘고, 예쁘다 못해 예쁘다.

"제게 아무 부담 갖지 마세요."

썰렁한 독백을 내쏜다. 어쩜 결연한 태도다.

"금강경의 약화생 약태생을 아시나요?"

"갑자기 승과고시 치릅니까?"

"심통 부리지 말고요."

"약화생이란 시시각각 몸을 바꾸어 태어나는 생명체 아닙니까? 무릇 알에서 올챙이로 둔갑했다가 개구리로 막판 뒤집기 하는 부류고, 약태생이란 인간이나 고래처럼 탯줄로 태어나는 것들."

"같은 맥락에서 현몽스님을 관조하겠어요. 스님 당신은 한 방울 호르몬에서 출발해 아가였다가, 아가에서 소년으로, 소년에서 스님으로, 스님에선 불원간 부처님 되겠죠."

"내가 부처님 당선한다고요?"

"하고 말죠."

"내가 부처님 되기 싫다면?"

"싫어도 되는 게 부처예요."

애기스님은 몽롱한 표정을 짓는다. 만감이 교차하는가 보다.

때가 무르익었다. 포옹할 순서다.

그렇지만 웬 걸.

"이러지 마세요!"

표독스레 날 밀어내더니 단정히 승복 챙겨 입고 넙죽 엎드려 내게 큰 절(big bow) 세 판 퍼붓는다. 그리곤 아장아장 갈대밭 헤저어 내게서 멀어져 버린다.

이게 뭐람.

참 서글픈 이별이다. 난 오금이 저려 꼼짝달싹 못한다. 한없는 쓸쓸함이 회오리친다. 어느덧 먼동이 튼다.

다시 슬프다. 우두커니 햇살에 멍들며 눈물짓는다. 나라는 놈, 그동안 필수품 구입에 앞서 사치품 사재기에 혈안이 되었나 보다. 꿈에선 깨어나길 원하고, 또 깨어나면 재차 꿈꾸길 원했었나 보다.

이중인격자였다.

각시바위 랑데부 열흘 만이다.

이중인격자가 대반격에 나선다. 여자 브래지어를 급히 구입해 영문판 금강경을 또박또박 새긴다.

세상살이 한바탕 꿈이며

물거품이며 뜬구름이며
아침이슬이자 번갯불인즉
마음을 비워라!

Everything as a fault vision
A mock show, dew drops
Or bubble, a dream, a cloud
Or lighting flash,
Check out yourself!

게거품 물고 쳐들어가기다.

전우의 시체를 넘고 넘어 총공격이다. 물이 막으면 물을 치고, 불이 막으면 불을 친다. 브래지어 양쪽의 오목 렌즈엔 농익은 사과 한 알씩 담았다.

사과는 인류역사상 비극의 과일이다.

아담의 사과(일설엔 무화과라지만)가 애욕의 불씨를 지핀 종교적 징표라면, 뉴턴의 사과는 천지만물은 쌍끌이로 끌어당겨야 산다는 또 다른 애욕의 과학적 징표이기 때문이다.

그런 징표를 곱씹으며 씨근벌떡 도착했다.

임신암이다.

애기스님을 첨 상봉했던 법당뒤란 휘감아 난 과감히 주승의 방으로 침공해 버린다. 망설일 게 무엇이냐. 알고 보면 이곳은 처가댁이다.

"무례하오!"

시어터진 금욕생활로 얼굴이 파르라니 삭아 마치 선사시대의 미라
(mummy)를 연상시키는 노파 여승이 파다닥 사지 비틀며 나를 막무가내
로 나무란다.

"땡초 현몽이외다."

"자자한 악명이야 익히 귀청 따갑게 들었소이다. 왕림하신 용건은?"

"애인 면회 신청입니다."

"애인이라뇨?"

"혜정스님, 마이 달링."

"정말 미치겠수다."

"미치지 않습니다. 그 여자 내 안사람이니까요."

"부처님은 제대로 믿으세요?"

"믿다니요? 난 그딴 사람 모릅니다."

"이 보시라요. 우리가 열차를 탔다고 가정합시다. 객차 승객들은 선
두에서 이끄는 기관차의 기관사를 보지 못하지만, 엄연히 기관사가 존
재함에 열차는 씽씽 달리는 것 아니겠소이까?"

"기관사가 부처란 겁니까?"

"두말하면 잔소리."

"아이고, 두야."

진작 요단강으로 이민 갔어야 할 사람이 번지수 잘못 짚었다. 석가모
니와 예수를 혼동해도 유분수지, 이건 도가 지나친다.

"부처님을 창조주라 믿습니까?"

"안 믿으면 미신이죠. 나의 은사 스님께선 15년 전 입적하셨답니다.
황망한 나머지 석 달 열흘간 식음 전폐해 대성통곡타가 불가해한 중력에

이끌려 지리산 피아골에 갔댔습니다. 신들린 듯 쏘다니다가 결국 갓난 아기 울음소릴 들었지요. 오매불망 그리던 나의 은사님께서 바야흐로 환생하고 계셨던 겁니다. 그날을 기점으로 정신일도 하사 불성하여 추적한 결과, 은사님은 목하 경상남도 양산의 어느 불심 돈독한 가정에서 태어나셨더라고요."

기상천외 하다못해, 정신병동 괴담이다.

中이 요단강으로 잘못 가다 못해 아예 라마교, 힌두교, 삼박자로 왔다리 갔다리 한다. 육도윤회 환생설은 라마교, 힌두교, 회교의 전매특허다. 어쩌다 이들 연합군이 만리타향 한국불교에까지 파고들었는가. 참담하다 못해 서글프다.

지난날 한국사를 파헤쳐 보자.

불교는 왕권을 밀고 왕권은 불교를 밀며 피차 공평하게 부귀영화 나누어 가졌다. 어리석은 민초들은 내생에라도 잘 살고자 부처님께 충성하랴, 임금님께 충성하랴, 그야말로 등골이 휘었다. 예서 뱃대지 기름기 끼는 건 진골성골의 상위 일 퍼센트였다. 입각하여 오늘날 북조선식 기막힌 사회였다.

"환생한 은사님은 언제 재회합니까?"

"불원간."

"무슨 재주로?"

"조만간 모종의 계시가 부처님 통해 파장을 일으키겠죠."

엔간히 구역질나는 희망사항이다.

쏘아붙여야겠다.

"한번 가면 땡이지, 뭣 땜시 자꾸 온다요?"

"개똥밭에 자빠져도 이승이 최고죠. 꽁치나 너구리 따위 피해 사람으로 재당첨 되는 게 영광 아닙니까?"

"미치겠네요."

영광이라니 쑥떡 영광이다. 윤회설이나 환생설은 영원히 살고픈 인간의 욕심이 지어 낸 소설이자 자기 최면술이다.

그렇다고 딱히 이 여승만 탓할 바도 아니다. 큰스님 반열에 올라 방장급으로 추앙받던 모 비구승이 간암 말기에 걸리자, 덜컥 미국으로 출국한 일이 있었다. 좋은 땅에서 죽어야 좋은 종자로 환생한다는 힌두식 교리를 철석같이 믿어서다.

'나무서방정토 십만 팔천 리'란 염불문구가 있다.

서방정토(utopia)는 십만 팔천 리 저쪽에 위치한다는 뜻이다. 3천 년 전, 기차도 비행기도 없던 시절에 십만 팔천 리라면 아득한 먼 거리였을 것이다. 어쨌든 그 큰스님의 미국행은 보다 밝은 미래세를 위한 원정 임종인 셈이다. 원정 임종에서 모자라 근자엔 원정 출산까지 성행하는 시대다.

서방정토가 정녕 십만 팔천 리 저쪽의 미국일까?

눈을 안쪽으로 한번 돌려보자. 왕생극락 탐하는 욕심이 마음속 십만 팔천 리를 꽉 채운 것이라곤 왜 생각지 못하는 것일까? 집착을 지워 마음을 정화하자는 게 수행의 진면목이다.

경전에 묘사된 서방정토 가보나 마나다. 한결같이 사시사철 의복나무에 주렁주렁 옷가지 열리는 곳이 거기란다. 까짓게 이상향이라면 꽃구경은 한라산, 새들 구경은 주남 저수지, 식도락은 강남 뒷골목, 맵시 자랑은 동대문 쇼핑몰만 가도 신물 나도록 즐기고 남는다. 난 죽어서 물고기나 되어야겠다.

"저를 잡아 잡수세요, 제가 꽁치니까요."

"소문대로 악당이군요."

"옳소!"

"정식으로 산중회의에 붙이고 총무원에도 탄원서 올려 퇴출을 논해야겠습니다."

"듣던 중 반가워요."

"더 하실 말씀은?"

"혜정스님 미팅."

"오오라, 호박씨 까는 목적은 그거였구려. 그년은 사흘 전 승복을 고스란히 부처님 전 탁자에 올려놓곤 토꼈소이다. 골빈 놈한테 홀려 달라 뺏더라 이거요. 부처님께 배은망덕했음에 남은 인생 자욱자욱 칼산지옥으로 벌 받을 거요."

"그 골빈 놈이 나로소이다."

"에구머니!"

"놀랐소이까?"

"그년 단물만 쪽 빨고 차버린 잡놈?"

"맞소. 그놈이요."

"도무지 동네방네 남사스러워 더는 말을 섞기 싫소. 가 버리소. 마침 입선시간 가까웠소."

"참선이 뭔지나 알고 하시는 거요?"

"마른 똥막대기!"

제법 선문답으로 받아친다. 깝치지 말라는 투다.

이따위 수작이야 당나랏적 거슬러 암암리에 전수되는 선객들의 무식한 자기방어다. 다시 말해, 스스로의 무식한 콤플렉스를 방어하기 위한 막말 말이다.

가소로운 지고. 이 스님의 '참선합시다'가 내겐 '죄짓기 시작합시다'로 들리는 걸 어떡하느냐.

애기스님은 차제에 속 시원히 잘 떠났다.

입산이 인간승리라면, 하산도 짭짤한 인간승리다.

中님들 별것 아니다. 힘든 세상살이 처자식 돌보느라 더러운 꼴 아니꼬운 꼴 가리지 않고 피땀 흘리는 일반 중생들이 대단한 거지 회색 갑옷 걸치고, 나 홀로 고고한 척 꼴값 떠는 中들이 무에 그리 대단하더냐.

오솔길 걸으며 담배 두 개비를 양손에 말아 끼고 번갈아 연속으로 터뜨린다.

애기스님, 그녀가 쉬 잊힐까.

전쟁은 일으키기에 비해 휴전으로 뒤집을 때가 갑절 위험하고, 산은 오를 때에 비해 내려 갈 때가 위태롭듯, 남녀 간 사랑도 만나기보다 헤어질 때가 더 어려운 법이다.

열네 살에 상봉, 스물한 살에 이별.

어쨌든 잘 가셨어라.

절집에서 유행하는 야설 중 극도로 김새는 게 뭣이던가?

큰스님 간판 걸고 맹목적인 존경 받다가 뒈져선 짝퉁 사리탑 세우는 것일진대, 나랑 애기스님이 재탕 삼탕 우려먹을 멜로드라마는 아닐 것이다.

B. 알고보니 난 강간범

M라디오 방송국에서 일단 단독 보도라며 포문을 열었다.

> "북망산의 맙소사 강간범 현몽스님 도주
> 조계사, 범어사, 불국사로 옮겨 다니며 은신
> 경찰은 긴급체포조를 구성해 추적 중인 바……."

서울의 명문대 여학생이 유명 사찰에서 강간을 당한 희대의 사건이 발생했다. 매스컴은 굶주린 하이에나처럼 엉겨 붙어 저네끼리 취재경쟁을 벌이더니, 범인은 다짜고짜 현몽이라고 몰아붙였다. 담당 기자들은 미모의 아가씨와 놀아나는 ㄆ이 내심 부러운 나머지 사적 감정까지 보탠 것이다.

섬에서 겨우 탈출했을 시점이다.

섬 이야기는 다음으로 넘기고, 신파극도 이런 신파극이 있으랴. 대한민국 기자님들, 참 탁월한 상상력으로 참 멀쩡한 생사람 하나 때려잡는데 이골이 났더란다.

사건의 발단은 3년 전으로 거슬러 올라간다.

첫사랑 애기스님을 가슴에 품고 허우적이던 무렵이다. 마약 같은 강력 자극제가 필요했었다. 허무병까지 겹쳐 정신병원도 기웃거리던 통제 불능의 그때, 내가 만난 소녀가 골목길 이웃사촌인 여중 2년생 밀희였고, 그녀는 애기스님과 빼박은 듯 닮았는지라 이내 푹 빠질 수밖에 없었다.

귀염상으로 야들야들 뭉친데다 뽀얗고 앙증맞은 소녀. 그 소녀는 늘상 경쾌한 행진곡을 휘파람 불며 다녔기에, 꽁무니엔 사시사철 동네 강아지들 졸졸 줄을 섰었다.

별 볼 일 없는 어느 날을 디데이(D-day)로 잡았다.

우연인척 마주치는 골목작전이다.

"밀희, 안녕?"

"안, 안녕?"

"가시내가 사납긴."

평소엔 무덤덤하다 못해 엄숙한 관계였다. 그러나 오늘은 색다르다.

"할 말 있다."

"매일 할 말 없었잖아요."

"아니면 말고."

"뭔데요?"

튕기니까 덥석 감긴다.

예나 제나 십대 철부지들은 간드러지게 밀었다 당겼다 개었다 흐렸다를 반복하는 게 하루 일상이다.

"너, 학교수업 지겹지?"

"네, 완전 지긋지긋."

"가장 문제점은?"

"숙제."

"내가 도맡아 해준다면?"

"절 놀리는 거예요?"

"놀리다니."

"못 믿겠어요. 우리나라 대통령 이름 뭐게요?"

요년, 내가 살큼 맛이 간 걸로 오인하나 보다. 애기스님도 첨 만난 그날 나를 또라이로 착각했었다. 그도 그럴 것이 전용 가정교사도 아니면서 자원봉사를 자처하니 헷갈리기도 할 것이다. 기를 팍 죽여야겠다.

"나 이래 뵈도 대통령 이름 안다. 애국가도 2절까지 외우고."

"설마 대통령 이름이 안중근이고, 애국가는 삼일절 노래 아니세요?"

"아니랑까!"

소릴 꽥 지른다.

그제야 소녀는 박수갈채 짝짝이다. 더 이상의 너스레는 필요 없다. 이로써 엉큼한 계획은 절반 성공이다.

왈 숙제 데이트.

그땐 그랬다. 중고생 남녀들 간 찐빵 데이트, 짜장면 데이트, 극장 데이트(그나마 재개봉관)가 성행할 만치 가난했던 보릿고개 시절이다. 짜장면만 먹어도 호사였던 시절이다.

"경축!"

소녀가 쾌재를 토하다가 갑자기 입술을 오므려 당시 유행했던 다이아니(Diana)를 휘파람으로 불어재낀다.

I'm so young and you so old ♪ ♪

소년도 들떴고, 소녀도 들떴다.

"단, 수학공부는 제외."

"왜죠?"

"싫으니까."

싫은 게 이유였다. 싫다는데 싫은 이유 말고 무엇이 더 붙겠는가?

"집중할 과목은?"

"영어."

"쌀라 쌀라?"

"예스."

"맛보기 보여 봐 주세요."

"감탄사 문장의 공식은 What+a+형용사+S+V."

"오빠 한번 믿겠어요."

"그려, 믿는 자에게 복이 모이는 겨."

이리하여 숙제데이트 언약식은 골목길에서 간단히 체결된다. 계약금 명목으로 손가락을 걸었고, 미제 바둑껌(gum)을 한 알씩 나누어 씹었다. (애기스님, 죄송합니다. 당신과의 타이틀매치 앞선 연습경기입니다. 이 소녀는 임시방편 실습용입니다.)

양심의 가책이야 응당 받겠지만, 그녀 바구니와 견주어 살짝 덜 예쁜 고로 가책도 그만치 덜 할 것이었다.

그때도 영어교육 열풍은 오늘날 못지않았다. 한국 학부모들의 앙칼진 자식사랑은 단군님 이래 계속 이어지는 유전병이지 싶다.

자, 지금부터 가르치고 배우자.

"5days와 day5의 차이점은?"

"아이 엠 깜깜."

"금강경은?"

"경이 뭘까?"

"Sutra."

"See, gold river sutra."

신나게 오가는 건 콩글리시다.

안되겠다. 급소를 친다.

"내가 너한테 홀딱 반했다는?"

"아이 엠 홀딱 유"

"미치겠구나."

"오빠, 내게 반했어요?"

"네가 스님이야, 내가 반하게?"

"스님이 뭐가 어째요?"

"아차, 나의 실수. 스님은 호랑이 타고 오대양육대주 자유왕래 하니까 영어도 유창할 거라는 비유였어."

얼렁뚱땅 얼버무린다. (애기스님 죄송합니다. 내가 갈팡질팡합니다. 당신은 착하니까 이해하겠죠? 예쁜 여자 착하고 미운여자 악한 건, 동서고금을 막론하고 공공연한 비밀 아닙니까?)

보라, 보시라.

착한 콩쥐는 예뻤고, 악한 팥쥐는 미웠다. 장화와 홍련이도 예외는 아니었더랬다.

작전수행을 앞당겨야겠다.

"고양이는?"

"Cat."

"메기는?"

"Cat fish."

"고추는?"

"Pepper."

"말고, 남자 고추."

"Male pepper?"

"No."

"알았어요. Penis."

"Great."

큰길에선 징글벨 합창이 한참이다. 크리스마스란다. 구약성서의 영웅이었던 모세가 이런 날 홍해를 걸어서 건너는 묘기를 선보였다. 이에 질세라, 나는 오늘 요년을 건널 테다.

"허무하구나."

"허무라뇨?"

"가슴이 쓰린 거여."

"심장마비?"

"아직은 no."

"가슴 아프다는 영어로?"

"Broken heart."

"다음은요?"

"꼴까닥 저세상이지."

"119 불러요?"

"응급실은 바로 너!"

달깍 끌어안는다. 헌데…… 어럽쇼!

소녀는 자지러진다. 문제는 다음 장면이다. 소녀를 앞질러 내가 더 자지러지는 거다. 그동안 혼자 갈고 닦은 시나리오가 싸그리 빗나가는 돌발사태다. 백마 탄 왕자가 포옹하면 개구리 공주는 다소곳 안기는 게 월트 디즈니 만화영화였다.

요년은 만화와 정반대다. 난 안절부절 못해 이성을 잃는다.

"My penis hungry."

영어로 씨불인다. 소녀도 적잖이 혼쭐이 빠졌는가 보다. 영어로 되받는다.

"Penis goodbye."

"뿌왁!"

난 까무러치며 사지를 비튼다. 갓뎀이다. 다 틀렸다.

"왜 이래요?"

"미쳤나 봐."

"내가 잘못했어요."

전혀 뜻밖이다. 소녀가 의외에도 묘한 모성애를 발휘해 날 토닥거린다. 내가 늑대의 본성을 날릴 마지막 기회였다. 이대로 깨박 나면 우린 창피해 다시는 못 본다.

지금이 역전의 기회다. 몰아붙인다.

"밀희야, 넌 생물시간에 인체의 신비함 같은 것 안 배웠더냐? 면역력 약한 10대 소년은 2층 지으려다 실패하면 페니스에 독한 가스(gas)가 차올라 10분 내에 빵 터져 산산조각 난다고 노벨의학상 수상자가 경고한 것."

"노벨의학상 누구?"

"토마스 에디슨."

내가 지지리 다급했던지 얼토당토않은 발명가를 꾸어 왔으나 소녀도 넋이 나갔는지 얼떨결에 더 엉뚱한 이름 들이댄다.

"퀴리 부인 아니고요?"

"퀴리 부인은 원자탄을 만들었지."

"여자가 원자탄을?"

"아이고, 나 원자탄 맞았다."

입에 거품 물고 침도 질질 흘린다.

"어떡해요?"

"촌각을 다투는 위급상황이다. 네가 손으로 인공호흡 시켜야 독가스 빠지겠다. 아이고, 나 죽는다. 벌써 5분 지났다. 이대로 숨지면 내 재산목록 1호인 손목시계는 네 꺼다."

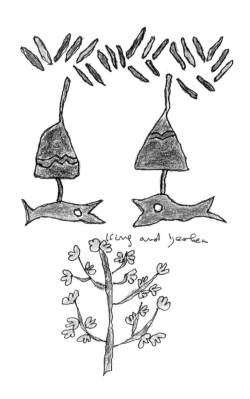

"죽지 마세요. 빼 줄게요."

"빨랑!"

"어떻게?"

"손으로 비벼."

난 아랫도릴 홀라당 까재낀다.

죽기 아님 까무러치기다. 영어로는 'all or nothing'이다.

"어머, 죽기는커녕 숨을 벌떡벌떡 내쉬는데요?"

"사망 직전의 발작이다!"

"시간은 얼마나 남았어요?"

"1분 전."

"알았어요."

30초, 20초, 10초, 카운트다운!

"으악!"

5초 전에 전광석화로 빠졌다. 공평히 손때 안 묻은 오리지널 숫총각, 숫처녀여서다. 빼고 나니 정말 허무했다. 미안하기도 했다.

반면, 소녀의 반응은 의외였다.

"에계, 이게 뭐람. 독가스가 아니라 샴푸잖아?"

그랬던 여중 2년생이 8년 후 대학생으로 성장해 날 찾아왔다가 강간을 당했다.

매스컴에선 경쟁하듯 릴레이로 씹어 댔다.

"어물전 망신 도맡는
불교계 꼴뚜기 현몽스님"

대서특필 마녀사냥이었다.

사실 그날 밤, 난 서울에서 릴리(lily)란 이름의 미국 아가씨랑 술 마시며 춤추고 노닥였었다. 대한민국 아무리 민주주의 법치국가래도, 해도 해도 이건 너무했다. 매스컴이 더 지랄 맞게 너무했다. 선정적이다 못해 선동적이었다.

시시비비를 가려야겠다는 생각에, 사건발발 보름 만에 관할 지청으로 자수(?)했다. 담당 검사는 뻔한 걸 두고 신경질 나게 자꾸만 반복해 캐묻는다.

"고향은?"

"낙동강."

"직업은?"

"사람."

"나이는?"

"19세기."

"학력은?"

"유치원 중퇴."

난 대충대충 우스개로 얼버무린다.

애당초 법조인들(특히 검사들)을 탐탁하게 여기지 않는다. 그들은 두 얼굴의 위선자들이다.

현직에 종사할 땐 춘향이를 항고에 항고로 물아 가다가, 퇴직해 변호사 간판 뚝딱 걸면 남원사또를 "증거불충분" 무죄라며 기고만장해 게거품 무는 자들이다. 재수 없는 족속이다.

자신이 누구인지(who) 무엇인지(what) 어디에서(where) 왔는지 왜(why)

사는지도 모르면서, 알량한 육법전서 하나 달달 볶았다고 동질의 사람을 심판할 수 있을까?

검사님 마지막 말씀도 기가 찼다. "협조해 주셔서 감사합니다."였다. 난 발끈한다.

"날 공개수배 했잖소?"

"오해이십니다."

"오해라뇨?"

"우린 그런 적이 없습니다."

어련하실까.

둘러치나 메치나 사회 지도층이라는 것들은 그 나물에 그 밥이다. 검찰은 경찰로 떠넘기고, 경찰은 매스컴으로 떠넘기고, 매스컴은 배 째라고 오리발 내민다. 가해자는 없고 피해자만 남는다.

오냐, 난 강간범이다!

결과하여 난 조계종단에서 채탈도첩(영구 제적)으로 처리된다. 구질구질한 변명은 늘어놓지 않겠다((※)쓰다 보니 진부하고 짜증난다).

하면서도 목하 양심적으로 잘나간다는 현 조계종단에 묻겠다. 그대들, 대관절 무슨 죄목으로 날 퇴출시켰는가?

웃기지 말라. 그대들이 원한대도, 난 다시 돌아가지 않는다.

당신들한테 한심하게 사면복권 받느니, 차라리 나의 채탈도첩은 부처님께서 친히 주신 표창장으로 알겠다는 거다.

사족으로 강간사건을 장엄하게 각색한 경향신문과 서울신문의 기사를 건더기만 간추려 짜깁기하겠다.

아가씨들, 절엘랑 가지 마소!

백 년에 한 번 터질까 말까한 핵폭탄이 맙소사에서 터졌다. 엽기적 강간사건이다. 피해 여성은 E대 의과대 재학생이고, 가해자 범인은 현몽으로 노골적인 성도착증 위험분자였다.

가증스럽다. 피해자를 여중 2년 때부터 점찍어 노리다가, 수면제 섞은 술을 강제로 권해 승방비곡을 일으켰다. 이외에도 미국여자, 일본여자 등 국적 불문해 욕구를 채우며 성스런 도량을 섹스 아지트로 활용했다.

학력은 유치원 중퇴이나, 미군부대 노무자로 복역한 경력을 십분 발휘해 엉터리 영어(G.I. English)를 씨불이며 하버드 석사 출신이라 뺑치는 철면피다.

〈정감록〉에 이르되, 말세 임박할수록 진짜 中은 하산하고 가짜中은 입산한다 하였으니, 이는 꼭 현몽이 류의 출현을 예고함이 아니던가?

맙소사 일주문 언저리엔 임신암에서 내건 플래카드가 여러 장 나부꼈으니, 오가는 관광객들 눈요깃감으론 삼삼한 볼거리였다.

현몽이놈 척결하여
불교기강 바로잡자!

현몽이놈 일방타살
밝아지는 정의사회!

철부지 사춘기에 비롯했던 그
녀와의 섹스실험은 엄청난 파장
을 일으키며 비극으로 막을 내렸
다. 물고기 다 잡았음에 통발 비
리듯, 토끼 다 잡았음에 올가미
버리듯 한 게 아니다. 훗날의 단
절된 시간과 단절된 공간을 헤매
면서도 우린 끊임없이 말을 주고
받았었다. 우리가 누군갈 좋아
한다면, 마음을 다해 좋아해야

한다. 사랑한다면, 마음을 다해 사랑해야 한다. 도덕적 규범이나 종교
적 계율을 앞세운다면, 그건 위선이다.

마치 예수님의 왼쪽 뺨 돌려막기처럼 말이다. 건장한 불한당이 예수
님 오른쪽 뺨을 갈기자, 예수는 잽싸게 왼쪽 뺨마저 때리라며 자진헌
납하지 않았던가.

어릴 적 난 이 상황을 만화처럼 색달리 상상했었다. 피이, 아양 떨지
않았다간 자칫 묵사발이 되도록 얻어터질까 겁나서였을 거야, 뒈지게
맞으면 자기만 손해니까.

어느 날 이 소녀를 다시 만난다면, 양쪽 뺨이 뭐냐. 볼기짝도 덤으로
걷어차라고 난 애걸할 것이다.

남녀란 끌리면 끌리는 대로, 그리우면 그리운 만치가 솔직한 모습이다. 타고난 정이란 게 그럴 거다.

내 몸통을 백만 쪼가리 도륙 내어 불태워도 허공중엔 은연중 정의 씨앗이 남아서 맴돌 테니 어쩔 것이냐.

하늘 아래 영원한 건 없다. 사랑 또한 영구불변하는 실체가 아니라 끊임없이 변화하는 어떤 과정이다. 영혼도 영구적이지 못해 일정기간 생성하며 지속될 뿐이다.

모든 것의 본바탕은 허무다. 이 점은 철학자 헤겔도, 석가모니도, 찬상했던 사상이다. 하긴 예수쟁이 아브라함도 유사한 논조를 펴긴 했다. 네가 소유한 걸 버리므로 일체 속박으로부터 자신을 해방시키라고!

결론지어 우리가 어딘가에 집착할 때, 그것은 자유를 방해하는 독이 되더란 거다. 그렇다. 사랑하되 사랑에 속지 말고, 허무하되 허무에 속지 말자는 게 나의 지론이다.

그래서 정이란, 모질고 더러운 것이기도 하더란다.

C. 과거를 묻지 마세요

연애는 종교를 능가하는 고행인지라
잘하면 성불이요, 못하면 멸망이라

산에 함박눈이 쌓이면서 미국 아가씨 릴리(Lily)가 뻔질나게 주말마다 개근상 도장을 찍는다. 애기스님과 작별한 지 2년 후고 밀희랑 강간사건 치른 당해 년이다.

바야흐로 내 생애 세 번째 여자다. 내 나이 스물셋으로, 릴리랑은 갑장이다.

그녀의 신분은 미국에서 후진국에 파견한 평화봉사단(peace corp) 멤버로, 한국에서의 소속은 Y대학교 영어연구실이다.

"my love king."

킹은 한국식 발음이 어렵다며 그녀가 지어준 미국식 나의 이름이다. 모르긴 몰라도 할리우드 영화 "King and I."에서 빡대가리 주인공이었던 율 브린너를 연상시켰음직한 이름이다.

썩 나쁘지 않았다. 나 율 브린너 좋아했다.

더구나 그녀는 자신을 화성인(Martian)이라 우기던 상황이다. 웃기는 연놈들이 국제적으로 잘 만난 꼴이다.

어디 그뿐인가. 올적마다 내 방에 동숙하므로 외견상 부부였다.

"사랑해요, 수님들."

스님 발음이 불분명해 수님(sunim)에 가깝다.

하는 짓거리가 귀여운데다 매너도 뛰어난지라 환영 받았다. 나도 빼먹기 다반사인 새벽 예불을 꼬박꼬박 잡숫는가 하면('예불 모시다'를 절에선 '잡숫는다'로 표현함), 틈나는 대로 법당 청소랑 채공간 궂은일(설거지)도 마다지 않았다.

하면서 킹스님 맛있단다. '맛있다'는 '멋있다'는 뜻의 서툰 한국어다.

"미국 아가씨 원더풀!"

대중스님들은 우호적이었다.

원인은 외모다. 그녀가 뛰어나게 예뻤다면, 스님들은 별의별 딴지를 다 걸었을 것이다. 그녀는 별반 빼어난 외모가 아니었다. 사람들은 자신 기준하여 상대가 한 수 아래라 여기면 슬그머니 너그럽다. 시기심품는 건 어디까지나 한 끗발 위를 향해서다.

릴리는 저들이 시기할 만치 예쁘지 않았지만, 용감무쌍 했다.

"킹수님, 우리 결혼해요."

자나 깨나 결혼, 결혼이고 할 때마다 난 한발을 뺐다.

"나 현몽의 전공은 연애지, 결혼이 아니어라."

"내가 예쁘지 않다는 거죠. 그러나 수님은 정신 차리세요. 불교에서 말하는 성불이란 것 있잖아요. 우주와 인생이 대통합해야 한다는 말씀 말이에요. 대통합이 뭐예요? 평등하다는 거죠. 그렇담 나같이 수수한 여자도 예쁘게 보일 때 수님은 비로소 대통합 성불하는 거예요."

어쩜, 그녀 말씀 지낭했다. 난 예쁜 여자, 미운 여지 편 갈라서 성불 못하는지도 몰랐다.

가끔은 릴리가 무서웠다. 이 여잔 한국 불교 러브스토리라면 박사학위 논문을 써도 통과할 만치 빠삭한 전문가다. 신라시절 오대산 월정사로 만행길 나섰던 불국사 스님들이 하룻밤 묵었던 민박집(평창군 진부면) 딸내미가 "당신은 하늘이 점지한 내 낭군님"이라며 사생 결단코 물고 늘어지자 한 스님이 자비심 발동해 두 손 번쩍 들었다는 것.

"당찬 아가씨 성함은 묘화였고, 못 이기는 척 항복한 스님 법명은 부설이었어요. 부부로 엮인 그들은 3년간 뼈 빠지게 노동하고 3년간 뼈 빠지게 숨었겠죠."

"핵전쟁 났나?"

"핵전쟁 버금갈 성불전쟁 난 거죠. 그 후 내리 석삼년 머리카락 들킬새라 꽁꽁 숨었다가 결국 해탈했고요. 태어난 2세마저 가업을 이어 입산했어요. 계룡산의 갑사와 신원사의 중간 지점에 등운암이란 암자가 현재 있어요. 그게 바로 부설거사 2세인 등운스님 자신의 이름을 붙여 건립한 암자라고요."

이외에도 비구승과 아리따운 낭자 간의 살가운 로맨스를 기린 동학

사의 오누탑 전설이라든지, 천상녀와 애정을 나누다 관음보살로 승천했다는 대흥사 북암의 용설스님 설화도, 그녀는 달달 외우는 터다.

"수님도 찌르면 피가 팡팡 솟구치는 사내죠?"

"아마."

"플러스알파 하여."

"야한 공상 접으라요."

"난 수님 처다보다 꽁지 빠진 암탉으로 전락했어요. 고교 땐 말괄량이 치어리더였고, 대학은 미국의 3대 명문인 스탠퍼드였어요. 여섯 달 전, 비 오는 날 탑골 공원에서 수님이 내게 우산 씌워 준 건 우연이 아니었어요. 부처님 계셨다고요. 내가 수님 애인으로 얼마나 부족하대요?"

릴리의 수다는 한 번 터지면 폭포수다.

난 아연실색해, 그때마다 내가 신봉해 마지않는 여자 조심 표어를 찬찬히 곱씹는다.

여자 좋다고 남용 말고
여자 모르고 오용 말자!

장려할 건 연애지, 결혼이 아니다.

결혼이란 남녀가 단체로 폭삭 망하는 대재앙이다. 로미오와 줄리엣이라 예외일까. 고것들 불장난에서 찢어졌기 망정이지, 신혼살림까지 차렸다면 석 달 못 채워 여자는 수녀원으로, 남자는 절집으로 새벽차 타고 도망쳤을 것이다. 연애가 찐할수록 결혼에 쉬 실패하는 건, 고색창연한 오디세이 사랑학의 정설이다.

난 결혼 못하는 남자다. 섹스에서도 결벽증 정신병자다.

거두절미해 왕조가비랑 딱 한 번 지은 다음엔 내 거시길 싹둑 잘라 술안주로 튀겨 먹자가 나의 섹스 매뉴얼이다. 가령 애기스님과 섹스게임 벌였대도, 더도 덜도 말고 딱 한 번이었을 것이다.

릴리와는 한 번도 어색하다.

"수님은 돌소금처럼 짜고 인색하네요. 종교는 넓은 의미에서 서비스 업종이에요. 자신을 희생해 만중생 즐겁게 해주는 뭐 그런 거잖아요."

"반성합니다."

"반성만 하지 말고 나랑 붙으세요. 난 막줄래 마리아가 아닐뿐더러 쌕까맣고 시꺼매서 섹시한 그런 년도 아니라고요. 킹수님이 한 치만 양보하면 우린 한미합동으로 역사에 길이 빛날 사랑탑(love top) 쌓을 수 있어요. 당장 붙어요. 2층 안 지어 수절한들, 수님 몸통에서 오로라(aurora) 발할까요?"

이럴 땐 정면 돌파가 최선이다. 직격탄을 날리겠다.

"당신은 내 취향이 아니요."

"내가 어때서요, 원하는 모델 밝혀 보세요."

"밝히겠소."

1. white skin
2. elegant size(55)
3. no make up
4. much drink
5. time face

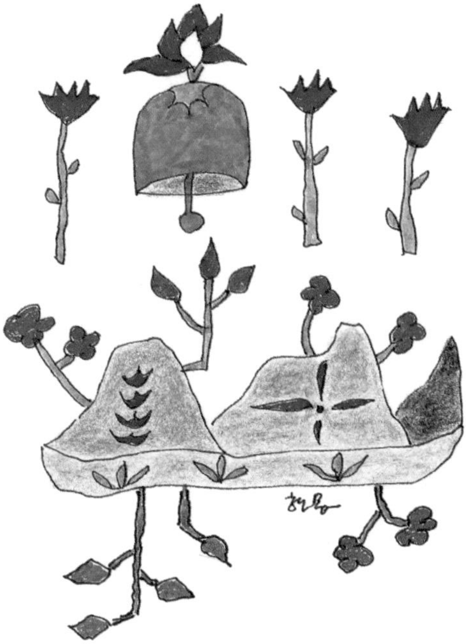

6. silent impression

7. small foot, small hand

상기한 일곱 가지 조합에서 릴리에게 합당한 건 1번과 3번뿐이건만, 우린 어쩌자고 그해 초여름 어깨동무하여 섬으로 들어갔을까. 강력한 야생 칸나비스 향기에 이끌려서였을까?

늘어져 하품을 토한다. 마음이 동하지 않는 한, 난 매사에 손가락하나 까딱하지 않는다.

타고난 귀차니스트다. 대단히 게을러 오늘 할 일 되도록 내일로 미루자가 나의 좌우명이다.

오죽하면 고2 때 휩쓸렸던 4·19 데모에선 철 지나도 한참 지난 구호를 혼자서 외치지 않았던가 말이다.

"독재타도 삼선 반대, 못 살겠다 갈아 보자!"라고 친구들은 악을 썼지만, 나는 "임진왜란 결사반대"였던 것이다. 핀잔을 받으면 서너 발 후퇴해 부르는 최신식 구호가 "6·25전쟁 반대"였다.

학생데모 따위, 시시하고 재미없었다. 술 마시는 것, 예쁜 여자랑 노는 것을 제외하곤 로봇이 나를 일체 대행했으면 좋겠다는 게 내 욕심 전부래도 과언이 아닐 터다.

목탁도 로봇이 대신 두들겨라. 짜장면도 로봇이 대신 먹어라.

달은 휘영청 밝고, 파도소리는 싱숭생숭 구성지다.

"섹스가 안 내킴, 그림 그려요."

"무슨 그림?"

"상대방 나체를 캔버스 삼아 아무 부위에나 아무 그림이나 신경질 나게 휘갈기는 거예요. 내가 쉽사리 지워지지 않는 특수물감을 준비했걸랑요."

"Tattoo?"

"비슷한 거예요."

우리가 진을 친 곳은 남해 비금도다.

동네 한 바퀴 휘감아 보리밭 고갯길 오르면 서산사란 고찰이 따리 틀었건만, 지금 보금자리는 바닷가 텐트다.

내게선 간혹 여자가 절이었다. 예쁜 여자는 대찰이고 덜 예쁜 여자는 암자다.

섬 생활 닷새째다. 난 열심히 낚시질에 몰입해 최고급 어종인 감성돔을 연신 생포해 댄다. 잡는 족족 안줏감이다.

와중에 릴리는 그림을 그리자고 보챈다. 암, 그쯤은 예의상 응하는 게 도리라고 고개 끄덕인다.

"After you."

"OK."

"오케이면 벗어야죠."

상의를 벗고 주섬주섬 바짓가랑일 까내린다.

"더 벗으세요."

"팬티까지?"

또 오케이 해버린다.

벗고 본즉 홀가분했다. 옷이란 걸 걸치면서 인간에겐 위선이 싹트고, 입에 말이란 게 발리면서 거짓이 돋았나보다.

그녀도 그녀 최후의 가림막을 걷어 낸다. 나의 시선은 당연지사 그녀 음부를 요격지점으로 정한다. 보나 마나다.

애기스님의 그곳에서 한 발자국도 더 나가지 못했다. 불결했다. 지저분했다. 그런대로 현재 나의 상황에선 태초의 빛이 그곳에서 솟구치고 있음을 발견한다. 지나간 애기스님이나 송밀희에게도 있었겠지만, 그땐 극도로 흥분해 느끼지 못했던 빛이다.

여자 음부에서 태초의 첫날이 열린다!

의외다. 냉정히 따지면 다 거기서 거기인가 보다. 성경 말씀에서도 하느님 입을 여시되 첫날에 빛이 있으라 함이었다. 허나 음부가 없이 빛이 있을 리 만무다.

둘째 날엔 소리가 있으라, 셋째 날엔 이러쿵저러쿵…… 제정신 아니다가, 이레째엔 갖출 것 다 갖추었으니 그만 쉬라고 이르신다. 하느님의 그딴 천지창조, 나는 반대다.

불교 금강경에선 객관적 만유의 대상을 여섯 단계로 나누되, 기독교 구약성서와 대동소이하다. 단, 타력으로 갱생하는 게 아니라 어디까지나 인연법에 의한 자력으로 일어나더란 거다.

다부지게 설명하겠다.

안·이·비·설·신·의.

탯줄 끊는 첫째 날 눈을 부릅떠 스스로 빛을 창조하니 월요일이요, 둘째 날 귀를 열어 소리를 만드니 화요일이요, 셋째날 수요일엔 냄새요, 목·금·토엔 맛·감촉·생각인바, 이레째 일요일엔 안식을 취하고자 하나 뱀이란 놈이 혓바늘 날름거려 유혹하더라는 것((※)뱀은 인간의 삿된 욕심을 일컬음인데, 이상 열거한 건 정통 불교의 이론이 아니라 땡초 현몽이의 사건이니 독자들께선 오해 없기 바란다).

"자, 그럼!"

기왕지사 반은 버린 몸이다.

구워먹든 삶아먹든, 꼴리는 대로 하라. 내 꽃다운 나체를 엄마 아닌 특정 여자에게 들키기 난생 처음이다. 여자 나체만 신비롭더냐, 남자 나체도 신비롭다.

"깜놀!"

릴리가 냅다 비명을 지른다.

"웬 호들갑?"

"빳빳이 섰어요."

"난 또 뭐라고?"

"왜 이래요?"

"서 봤자 임자 잘못 만나 노상 공휴일이라 서나 마나요."

"아쉽네요."

릴리가 입맛을 쩝쩝 다시며 가쁜 숨을 할딱인다.

"망상번뇌 끊고 그림이나 그려요."

"아유, 내 정신."

도리질 하다 말고 즉시 내 하체에 찰싹 엉켜 붙어 넓적다리에 붓을 놀린다. 망상번뇌 정말 털어 내려는지, 신들린 듯한 붓놀림이다.

난 간지러워 미치겠다. 주여, 제발 시험에 들지 말게 하소서!

릴리하고 2층을 지어선 아니 될 숙연한 금기사항이 내겐 일곱 가지나 법조문으로 명문화되어 있는 상황이다. 즉 내가 열광하는 여자의 일곱 가지 조건과 정면으로 상반되어서다.

릴리의 핸디캡을 나열해 보겠다.

1. 피부가 우유빛깔 아닌 창백한 white다.
2. 키가 167센티미터 장신이다(나의 이상형은 160).
3. D컵 유방으로, 글래머다.
4. 술을 못 마시는데다 노력도 하지 않는다.
5. 발이 225㎜ 넘어 도둑놈 발이다.
6. 웃을 때 윗잇몸이 드러난다.
7. 영어가 너무 유창해 내가 주눅 든다.

하건 말건, 릴리는 천방지축이다.
자유분방한 미국년답다.
"Wonderful!"
"What wonderful?"
"척후병 나왔걸랑요. 쌀뜨물 방울이에요."
"망할 년!"
난 눈을 감고 기도한다.
나사렛 누구시여, 저로 하여금 숫총각 딱지 지키게끔 기적을 나토여 주소서. 뜻이 하늘에서 이루어지듯 제 ㅈ뿌리에서도 이루어지소서.
"다 그렸어요."
기도하는 동안 릴리는 손을 탈탈 턴다.
"어디?"
보았즉슨 릴리가 내 왼쪽 허벅지에 쌍권총 찬 서부 사나일 배치했다.

숱한 망할 년으로부터 날 철저히 지키겠다는 결연한 의지인가 보다.
그림 솜씨는 피카소에 버금갔다.

"수님 주변엔 가시나들이 팥죽 끓듯 들끓어요."

"중상모략 삼가요. 난 숫총각이요."

"숫총각 수님과 불교역사 어울려요."

"무슨 뚱딴지?"

"수님은 연애불사, 음주불사, 그런 거 저런 거 막행막식으로 누리는 데도, 아무도 수님을 제지하지 못하잖아요. 명실공히 일당백이에요."

"똥이 무서워 피하겠소?"

"어쨌든 조계종단에서 이겼으니 역사에요."

하긴 역사는 이긴 자의 몫이다.

이겨야 역사다. 김일성, 스탈린, 히틀러 따위들 모두가 악랄한 반인륜 범죄자였지만, 그들은 이겼음에 한 시대의 역사였다.

근대 한국불교의 역사는 누구던가?

손꼽자면 청담, 성철, 탄허, 춘성, 고암, 한용운 등등인바 공통분모는 이들 공히 입산 전 결혼 전과가 있었다는 점이다. 주제에 단지 항일운동을 하였다는 명목으로, 특정 산중 장악한 공로로 서릿발 비구의 조계종에서 불교역사가 될 수 있다는 것인가.

이겨서 불교역사라면, 한국에서 가장 더러운 여의도 그곳과 무엇이 다르다는 것인가.

"암튼 수님은 역사에요."

릴리는 칸나비스 서너 모금에 취했나 보다.

횡설수설에 더해 요령부득의 난감한 표정이다. 하긴 숫처녀가 숫총

KING FOR VIOLET

각의 물총을 봤으니, 그럴 만도 하리라.

"수님, 당신은 여자 호리는 쪽으로 월등한 소질을 타고 났다고요. 주변에 장사진 치는 가시나들 보면, 거의가 솜털 뽀송뽀송한 여고생에 여대생이걸랑요. 알 만해요. 준수한 용모에, 우수 깃든 인상에, 현란한 제스처에, 철딱서니 맹함까지 보태 병아리 소녀들 가슴에 모닥불을 화닥화닥 지피는 거죠. 숨으세요. 수님은 여성단체 엠네스티에서 도시락 싸들고 다니며 물리쳐야 할 나쁜 남자예요. 그딴 얌체족은 절해고도에서 로빈슨 크루소로 나 홀로 개겨야지, 어쩌자고 여인네 들끓는 관광사찰에 진을 쳤대요?"

"자수하겠소. 난 나쁜 남자요."

"얼마나 나쁜대요?"

"바로 그놈 만치요."

나야말로 이조시절 어떤 상소문에 등장했던 쳐 죽일 놈, 그놈일 것이다. 공개하겠다.

임금님께 고함

공자님 말씀하시길, 근심이 멀리 있는 게 아니라 담장 안에 도사렸노라 했습니다. 작금 나라의 환란은 대가리 털 벗긴 ㅂ들이옵니다. 저들은 정승 판서 댁 위시해 벽지 할마시들의 코 묻은 쌈짓돈까지 싹 쓸어 사리사욕 채우기 급급합니다.

잡것들이 벌어들여 함부로 탕진하는 엽전 한 닢이면 길바닥 부랑자에겐 일용할 양식으로 손색없고, 잡것들이 화류계에 마구잡이 돌리는 어음은 신용불량자로 전락한 서생들에겐 족히 가업을 일으킬 만한 거금입니다.

中들의 극악무도한 횡포가 도를 넘었습니다. 젊은 中들은 무지몽매한 백성을 현혹하여 세도가 행세도 서슴지 않는데다, 겉으론 삼삼한 계율 지키는 척 내숭이니 불문곡직 잡아다가 관아 여종들과 강제 결혼시키는 게 타당합니다.

본시 색에 굶주린 데다 산삼녹용만 섭취해 정력 뛰어난지라 노동력 왕성한 우량아 노비 쑥쑥 뽑아, 국가 경제 발전에 크게 기여하리라 사료되옵니다. 엎드려 아뢰건대 통촉하옵소서.

　　　　　　　　　　　　　　　　　　　　　－신하 최만리가 세종대왕께

망둥이가 뛰면 꼴뚜기도 뛴다고 했던가.

또 그놈이다. 유생 꼴통 최만리라는 놈, 암행어사였던 골수 좌파 박문수와 결탁해 "中놈 때려잡자!"를 신조로 일삼던 친李 그룹의 선봉자들이다.

하면서 선견지명은 있었다. 5백 년 후, 놈들이 때려잡아 마땅할 땡초 현몽이 태어난 거다.

돌아보건대 적당히 뉘우치는바 크다.

섬에 남아 두어 철(절집 용어로 한 철은 석 달) 자력갱생 해야겠다. 염전에서 가래질하고, 고깃배에서 등골 휘고, 등대지기 보조로 일구월심 일해야겠다.

보름 만에 섬 여행은 막을 내린다.

그녀가 먼저,

"Love understands love."

라고 운을 뗐고, 내가 맞받아

"And it needs no talk."

라고 응수했다. 하면서도 속으로 하고픈 말이 따로 있었을 것이다.

"By gone!"이다. 우리말로 옮기면 "과거를 묻지 마세요!"이다.

우리들 과거를 들킨다면, 어느 남자가 그녀를, 어느 여자가 나를 좋아하겠는가.

우린 슬프게 by gone 했다((※)미안하지만 훗날 또 만났고 또 만났지만).

아아, 파도소리, 깊은 밤의 파도소리. 내 어이 별무리 영롱한 비금도 깊은 밤의 피도소릴 쉬 잊을 수 있으랴.

모든 것을 저 별빛 파도에 실어 보내자꾸나. 릴리도 실어 보내고, 나도 실어 보내자꾸나.

인생은 아무나 사나. 中은 아무나 하나. 나는 내게서 이제 1인칭이 아닌 무인칭으로 살 것이다. 차후론 자면서 꿈도 함부로 꾸지 않을까 보다. 왜냐하면 나는 늘 개와 용이 뒤엉켜 싸우는 잡탕꿈을 전문으로 꾸니, 그건 개꿈도 용꿈도 아니기 때문이다.

……후로는 섬을 떠돌았다.

도초도, 암태도, 청산도, 거문도, 사랑도, 원산도, 추도, 갈도 등 섬으로, 섬으로, 배회한다.

인생사 아무 미련 없다. 태고의 모래펄 위에서라도 진정 허무한 나그네는 발자국 남기지 않아야 하느니. 검푸른 파도는 갈매기를 안고 갈매기는 파도를 안으며 출렁이는 바다. 그리고 핵실험이라도 당한 듯

늘 뽀얗게 번쩍이는 수평선.

　세상사 미련 없다. 여기서 죽어도 좋다.

　인생은 내게서 형벌이자 영광이다. 떠나간 릴리는 금생에 못다 피어 내생으로 연계될 추억일시 분명하다.

　근자의 내 직업은 막노동이다. 동리마다 기웃거리며 모심어 주고 풀 베고 농약치고 공사판이라면 질통 메고 닥치는 대로 살아가기다.

　하다가 느닷없이 맙소사로 원대 복귀해 강간범누명 뒤집어쓰며 출세해 버렸으니, 내 20대는 사나운 팔자였다.

　새옹지마랄까. 난 이내 더 큰 보상을 받아 버린다((※)릴리와의 섬 생활은 얼마 후 모 여류작가를 통해 여성지에서 재미나게 정리되기도 했다).

D. 왕조가비 선녀?

맙소사 서쪽 산허리엔 누룽지라 명명된 암갈색 호수가 점찍은 듯 숨어서 출렁인다. 관광도로를 살포시 비켜나 으슥한지라 내겐 비밀 요정이다.

땅거미 내릴 녘이 나의 출근 시간대다.

깜빡깜빡 별빛 부서지는 밤마다 그곳 뗏목배에선 음주가무가 무르익는다. 나름 제3세계의 요정들 차출해 신나게 노는 거다. 뗏목배래야 말이 좋아 뗏목배지, 산토끼도 배꼽 잡을 꼴불견이다. 고사목 다발 칡넝쿨로 얼기설기 엮은 구조여서, 두어 명 웅크리면 꽉 차도록 비좁다.

어허라데야 구부야 구부야
만경창파 노 젓는다

섬에서 돌아온 나는 평화로웠다.

강간범이 되었으나, 그런 것에는 개의치 않았다. 인간에게 가장 잘 발달된 소질은 결국 자기합리화 아니던가.

반성, 또 반성하면서도 예쁜 여자에 관한한 예외였다. 여자가 예쁜데 남자가 뭘 반성하라는 거냐?

석가모니는 마누라 버리고 성불했다지만, 난 내 인생에서 예쁜 여자 안 버리고 성불할 것이다.

그리고 하늘은 무심치 않았다.

눈썹달 이울어 가는 하늘가로 별무리 영롱한 칠월칠석날 밤이다.

갈까 보다 갈까 보다
임 따라서 갈까 보다
바람도 수여 넘고
구름도 수여 넘는

뗏목배 모서리마다 육모초롱 함초롬히 불 밝히고 풀피리 필닐리리 불며 한껏 멋을 부리는 중이었다.

캬, 술맛 죽이고!

수진이 날진이 다 후여 넘는 동설령 고갯길도 한 잔 술로부터였다.

은하수 막힌 만 리길도 소주동무 더불어서였다.

얼쑤 절쑤!

수련들은 저희끼리 사춘기 맞아 매혹적인 윙크 배시시 머금었다.

꽃이고 사람이고 다 한때다. 시들면 쓰레기에 불과한 한시적 일회용품이다. 잘난 것들 잘났다고 깝치지 말고 못난 것들 못났다고 기죽지 말자.

뛰어 봤자 벼룩이고, 날아 봤자 잠자리다. 인간은 인생을 얼마나 속속들이 알까?

"이번 드라마에서 짓궂은 앵벌이 역할을 맡아 열연해 준다면, 차기 작품에선 재벌회장님 역을 맡을 것이다. 누가 앵벌이를 자청하겠는가?"

아무도 손들지 않는다. 누구나 화려한 역할을 원하기 때문이다.

여기서 짚을 건 윤회다. 이런 식으로 조연이 주연 되고 주연이 엑스트라 되듯, 실제 우리네 인생도 윤회하는 것인가에 대해서다.

대답은 "절대 아니올시다."이다.

인생은 조연이든 주연이든 딱 한 번이다. 세상엔 통상 세 가지 부류의 독한 중독자들이 설친다.

계속해서 다시 태어나고픈 무슬림 중독자, 죽어서도 영원히 살고픈 예수 중독자, 살아서도 살기 싫은 무기력 중독자가 이들인데, 다행히도 난 예쁜 여자 중독자니까 한 번 살고 한 번 죽는단 일회용 인생에 만족할 것이다.

그때다. 바로 그때다.

"스님, 견우스님."

여자 목소리다. 직녀 환생이다.

"날 호출했더냐?"

"네."

"자신만만하게 예쁜 년이면 만나자."

"아마 감동 받으실 거예요."

아무렴, 난 자빠져도 참깨 밭이구나. 섬에서의 개고생, 강간범으로서의 개고생, 그간의 파란만장한 고초들이 헛되지 않았도다.

내 뭬랬어. 인생은 거시기랬지. 거시기는 머시기랬지.

"관등성명을 아뢰어 보거라."

"장래가 유망한 여고 2학년, 사는 곳은 인천시 학익동."

어느 결엔지 그녀 뒤편 뚝방길엔 여고생들이 올망졸망 무더기로 피어나 있었다. 내가 깜빡 조는 사이, 뗏목배가 파도에 휩쓸려 정상궤도를 이탈했나 보다.

"너네들 자연학습 왔구나."

"네, 태워 주세요."

이럴 때 우선권은 예쁜 년에게 돌아간다.

"제가 적극적으로 예쁜 애예요."

선수를 쳤던 소녀가 인정사정없이 물속으로 첨벙 뛰어들고 있었다.

내 인생 최대의 승부처가 되어 버린 여자, 운명의 소녀.

"스님, 안녕?"

"억세게 안녕."

고양이 목에 방울 달기 실패한 나머지 소녀들은 "소낙비나 진탕 쏟아져라!"고 저주를 퍼부으며 발을 동동 구른다.

"너, 십자가 조합원이구나."

"어떻게 아셨죠?"

"목걸이."

"가톨릭이에요."

"가스펠 하나 부를까?"

"스님께서 천상 유행가를?"

이런 소녀도 화장실을 드나들까.

마지못해 출입한다면, 꽃 리본 달린 황금된장을 소복이 쏟아 내겠지.

이 소녀, 릴리에게 시험 쳤던 일곱 가지 미모 조건에서 백점만점이다. 오늘밤 만남이 우연이라면, 분명 필연의 뒤안길을 돌아서 온 값진 우연일 것이다.

피부는 자체발광으로 환한 아침햇살이다. 분위기는 첫눈처럼 깨끗하고 순결했다. 요년과 일을 내고 말겠다.

난 반했다. 약속대로 가스펠 일발 장전.

Amazing grace I

Was once like me⋯⋯♪

삐딱하게 상현달이 호수로 잠긴다.

난 황홀하다 못해 쓸쓸해진다.

"널 잡아먹을까 보다."

애기스님이나 릴리나 송밀희에게서 모자랐던 1퍼센트씩을 이 소녀는 완벽히 보유했다.

만화 같은 뜬구름 화두(판치생모)에 비해 이 소녀가 진짜 생생한 화두다. 맹목적 집착의 일편단심이 아니다.

나눗셈되기 싫은 자리다. 이해되거나 이해받고 싶지도 않은 자리다.

우리는 만남 자체만으로 충분히 만족한 상태에 빠졌다. 우리가 원해서 만난 게 아니다. 하늘이 우릴 막다른 곳으로 밀어 넣었다. 어떤 개인적인 이기심이나 사악한 동기에 의해 일어난 현상이 아니다. 나를 이 소녀에게 송두리째 바쳐야겠다.

나는 평생 동안 섹스를 한 번도 하지 않은 스님을 알고 있다. 그는 오로지 그로 인해 존경받는다. 그는 아무런 창의적인 재능을 갖지 못했고, 애오라지 섹스 안 하는 것만이 유일한 능력이다. 내시와 견주어 무엇이 다른가? 성적으로 억눌린 사람은 잔혹한 살생을 하면서 유사한 어떤 쾌감을 얻기도 할 것이다.

이 소녀는 나의 참선이다. 나는 지금 이 소녀를 사랑하는 업적을 쌓고 있다.

나는 단순하고 간단명료한 사문이다. 복잡다다하게 잔머리 굴리기 싫을뿐더러 항차 이 소녀를 내 식으로 길들이지도 않을 것이다. 길들인다면, 소녀는 사랑이라는 미명하에 애꿎은 희생양이 되고 만다. 이 소녀의 타고난 원형을 그대로 지켜 줄 테다. 가만히 볼 때, 이 소녀는 내가 기대했던 것 이상으로 더 괜찮은 여자이지 싶다.

이 소녀로부턴 아무것도 얻지 않을 것이다. 얻으면 거래가 되고, 거래는 순수한 사랑이 아니기 때문이다.

이 소녀 전신에 가득 넘쳐흐를 충만한 기쁨만을 줄 것이다. 샘물처럼 솟아나는 기쁨만을 줄 것이다.

이 소녀를 위해 대통령까지 되어야겠다. 오직 한 가지 공약 실천하기 위해서다. 대통령 직속 기관으로 국정원보다 강력한 연애청을 신설하자는 거다. 결혼이란 남자가 무조건 여자를 하늘 천 땅 지로 떠받드는 5대 의무 가운데 하나로 헌법에 명시하되, 만약의 경우 남자가 감당할 벌칙은 아래와 같다.

1. 남자가 바람피우는 경우
   누구든 고환을 파내고, 특히 대상이 유부녀나 창녀일 땐 물총을 작도로 자른다.

2. 여자에게 손찌검 하는 경우
   손모가질 영구히 두 동강 낸다.

3. 여자네 친정을 무시하는 경우
   시댁재산 몰수하고 곤장 일백 대에 처한다.

4. 여자에게 부엌살림을 맡기는 경우
   신상공개 10년에 전자발찌 채운다.

5. 여자를 힘으로 이기려는 경우
   두 개의 신장 중 한 개를 차출해 어딘가에 기증한다.

6. 동물 대하듯 여자를 학대하는 경우

경감 없는 무기징역으로 짓밟는다.

7. 여자에게 술주정을 일삼는 경우
   눈알을 빼고 이북의 정치수용소로 보낸다.

8. 여자에게 이유 없이 트집 잡는 경우
   국가보안법을 적용한다.

더러운 것들은 더럽게 벌 받는 게 원칙이다.

이 소녀는 아무래도 신비롭다. 이름도 색다르게 '은부치'란다. 박은부치.

월트 디즈니 만화의 돌고래마냥 눈썹이 진하게 일렬횡대다. 도톰한 입술은 사파이어로 찍어 낸 조각품이다. 턱선은 모나지 않아 완만한 타원형이다. 코는 고드름 저리가라 할 정도로 말갛다. 손은 그제 여물지 않아 고사리 새순이다. 완벽했다. 그야말로 완벽했다.

살콤 궁금한 건 판도라의 상자다. 좀 있음 알겠지. 자고로 칼국수에 칼 들지 않았고, 붕어빵에 붕어 들지 않았다. 이 소녀는 순백의 원조임에 분명히 거기도 순백일 것이다.

"은부치야, 혹시 금강경 읽어 봤니?"

"성경은 가끔 읽지만."

"나도 성경 안다."

"기억나는 구절 있으세요?"

"암, 마태복음 7장 6절."

"뭘까요?"

공중에 나는 새를 보라
들에 피는 백합을 보라
아무도 심지 않고 거두지 않건만
배불리 먹고 잘 크지 않느냐

"무엇에 그리 좋으세요, 그 말씀?"

"왔다지. 나같이 게으른 백수에겐 절절히 격려가 되는 메시지란다. 심지도, 거두지도 않으면서, 무지무지 잘 먹는다는 건, 그야말로 내가 희망하던 나의 생존철학이자 근로기준 법칙이기도 하니까."

"제게도 유익한 것 있어요."

"What?"

"마태복음 10장 35절."

내가 세상에 온 것은 자식이 부모와
며느리가 시부모와 치고받게 하렴이니
사람의 원수가 대저 제 집안 식구라

들고 본즉, 구구절절 옳으신 언중유골이다. 공자님 말마따나 적은 먼 곳에 있는 게 아니라 가까운 곳에 잠복했다.

현재의 세계정세도 유사하다. 유태인이 유태인을(이스라엘-팔레스타인) 한민족이 한민족을(남조선-북조선) 철천지원수로 삼는다.

소녀와 바짝 무릎을 맞댄다. 뗏목배 실내가 협소해 어쩔 수 없기도 했다.

소녀의 살 냄새가 싱그럽다.

"이 구절이 네게 지당한 이유는?"

"단순해요. 완고하신 부모님과 대적하는 덴 이만한 극약처방이 없으니까요. 저는 얌전한 왈가닥이거든요."

"우린 긴밀히 내통할 혈맹이구나."

"적과의 동침이에요."

"네가 좋다."

소녀의 말랑하고 작은 손을 내 갈고리 손아귀에 가둔다. 솜사탕 뺨치게 보드랍다. 사랑이 뭔지 모르겠으나 난생 첨으로 사랑해야겠다. 키도 159센티미터란다.

"은부치야, 절에 온 첫 소감은 어땠더냐?"

"오늘 오후 맙소사 대웅전 부처님 알현하며 혼자 키득키득 웃었댔어요. 부처님 윙크하는 첫인상이 너무 발랑 까졌더라고요."

"그게 바로 난데."

"그런가 봐요."

소녀의 턱 언저리에 콩알만 한 반점이 빛났다.

스님들만 바람피우는 것 아니다. 밖으로 새어 나오지 않아 쉬쉬할 뿐, 가톨릭 쪽의 사제들이 회오리바람은 더 맹렬히 피운다. 저들은 거의가 소아성애자들이다. 옛날 기록은 묻어 버린다 치고, 이 책을 쓰는 최근에도 사정은 도긴 개긴이다.

베네딕토 16세 교황이 2011년에서 12년 사이 4백 명에 달하는 사제의 서품을 박탈한바, 이는 2008년에서 9년 사이 발생한 성추행 사건 171명의 두 배를 넘는 수치다. 교회에선 이들을 사법처리 하는 대신 타 지역 교구로 빼돌리는 미온적 징계로 그치는지라, 오죽하면 2013년 유 엔(UN) 아동권리위원회는 1995년 이후 바티칸이 접수한 일체 성추행 사건에 대한 정보를 달라고 요청했을까.

다른 에피소드도 있다.

1980년대 서울 명동의 한 카페에서 신부와 목사(반체제 운동가)와 스님 이 어울리다가 아가씨 꼬시기 시합을 벌였던바, 내가 3분 만에 성공해 1등 먹었고, 신부가 2등에, 목사는 실패했다.

예수쟁이는 여러모로 둔하다는 게 특징이다. 저들은 불교를 일러 우 상숭배를 한다고 나무라는데, 따지고 보면 나뭇조각이나 쇠붙이로 만 든 십자가상을 애지중지 모시는 건 우상숭배가 아니던가!

이래저래 난 예수쟁이들이 정말 싫고 싫다. 저들의 광신은 극단적이 고 급진적이어서, 어떤 고향땅도 저들에겐 낯선 타향이더란다. 저들은 불생불멸을 강조하고 그걸 어린양들에게 세뇌시킨다. 진정 밥맛 떨어 진다. 불생불멸 하는 게 대체 어디 있던가?

　♪ 일출봉에 해 뜨거든
　날 불러주오 월출봉에
　달뜨거든 날 불러주오
　기다려도 기다려도……♪

기다려도 임은 절대 오지 않는다는 후렴부에선 호숫가 소녀들까지 기세등등 가세하자, 아둔한 본방 스님들이 그제야 빠자작 감을 잡곤 절 안팎이 발칵 뒤집힌다. 현몽이 새끼 지나가는 덴 겨울도 오뉴월이라더니, 정말인가 보다. 우리도 해보자.

모두들 질투심에 눈알이 뒤집혔다. 쌍심지 켜고 길길이 날뛴다. 물에 뜰 만한 거라면 모조리 징발해 외곽에서 발 동동 굴리는 소녀들 차례로 모신다.

이래저래 가관이다.

고무대야, 밀짚자배기, 싸리광주리, 대나무함지박, 양동이 물통, 심지어는 창고에서 막 뜯어낸 합판이나 공양간의 대형 가마솥도 둥둥 뜬다.

잇따라 침몰사고 속출한다. 여고생 살려, SOS다.

뒤늦게 사태 심상찮음을 간파한 인솔 교사들이 황급히 호루라기를 불며, 이리 뛰고 저리 뛰며 오두방정 떤다.

"달밤에 체조도 유분수지, 스님들 제정신입니까? 재까닥 애기들 들쳐 업고 나오시라요. 묵살한다면 경찰에 신고하겠소."

할 테면 하라지.

난 은부치더러 호젓이 속삭인다.

"저것들 정신 나갔나 봐. 신고한단다."

"이게 대한민국 공교육의 현주소예요. 학생들 깨소금 맛으로 노는 꼴 못 본다니까요."

소녀는 불난 데 기름 붓는다.

신묘한 가시나다. 만경창파에 노 저어라, 구부야 구부야, 청소년들 잘 보호하자는 참교육 현장이 어드메더뇨.

국민 교육헌장

우리는 민족중흥의 역사적 소명을 띠고 이 땅에 태어났다.

착실한 마음과 튼튼한 몸으로 학문과 기술을 배우고 익히며, 타고난 저마다의 소질을 개발하고 개척의 정신을 기른다.

공익과 질서를 앞세우며, 명랑하고 따뜻한 협동정신을 북돋운다.

박정희 전 대통령

그래, 튼튼한 몸으로 명랑한 신기술 익히고자 우리는 숫제 호수 건너편의 칙칙한 갈대숲으로 삼십육계 놓는다. 소녀가 먼저 부추겼다. 마다할 내가 아니다. 사고치고 말 테다.

사고란 건 누가 치든 수습하는 사람은 따로 있게 마련이다.

"은부치 따먹자!"

"따먹으세요."

육모초롱 꺼버린 채 별빛 잔잔히 흐르는 갈대밭에 숨어 우린 이제 뽀뽀를 나눌 단계다.

"눈감아라."

"제가 죄인이에요, 눈감게?"

"키스 장면에선 여자가 눈감는 거다. 영화도 못 봤니?"

"본 것도 같아요. 영화 〈바람과 함께 사라지다〉에서."

"뽀뽀하곤 어떻게 할까?"

"저 해바라기 꽃으로 활짝 피면 스님한테 시집갈게요. 약속 징표로 젖을 걸겠어요. 만지세요. 아무도 안 만진 새 젖이에요."

그녀가 얌전하게 브래지어를 풀었다. 알딸딸한 젖비린내가 확 풍긴다. 어쩌면 내가 태어나 첨 맡았던 그날(태초의 셋째 날)의 냄새인지도 모른다.

누룽지 호수도, 각시바위와 비견할 만큼의 산뜻한 전설을 지녔다.

더벅머리 노총각 어부가 홀 어머님 모시고 이곳에 외롭게 살았더란다. 그러던 어느 날 산 밑 동네 김 첨지의 막내딸한테 홀딱 반해 혼자 끙끙 앓으며 가슴앓이 하던 중, 매월 초이렛날 자정마다 이곳 누룽지 호수 용왕님께 간곡히 빌었더란다. 어화둥둥 하는 상사병 정한을 풀어 주십사 하고.

"용왕님 응답은요?"

은부치가 솔깃해 귀를 쫑긋 세운다.

"용왕님께선 기막힌 전제 조건을 달았겠지."

"어떤?"

"네가 쪽박으로 누룽지 호수에 가득찬 물을 싸그리 퍼낸다면 속 시원히 소원을 들어주겠노라고."

"그래서요?"

"글쎄."

"딴청 부리지 말고요."

"오냐, 털어 놓으마. 7년이란 세월 동안 총각은 밤낮 가리지 않고 죽을 둥 살 둥 물을 퍼다가 호수물이 마지막 한 됫박으로 줄어들었겠지. 용왕님이 조마조마 지켜볼 제 총각은 그만 최후의 한 됫박을 포기하고 홀연히 떠나 버린 거야."

"왜요?"

"난들 아나."

"어디로요?"

"中되러 갔겠지."

"애인 만나려다 中 되다니요?"

"中이 됐으니까 널 만나지 않았겠느냐. 中은 아무나 되나?"

다시금 소쩍새가 이러쿵저러쿵 난리법석 떤다.

북두칠성 저 별빛이 스스로를 떠나 지구까지 도달하는데 걸리는 시간이 대략 150억 년이랬다. 그런 천문학적 수학공식에 의거하면, 우린 150억 년 만에 만난 이산가족이다.

이 소녀는 정말 엄마 같고, 선녀 같고, 애인 같고, 오누이 같다. 오늘밤 저 별빛 앞질러 이 소녀에게 물들겠다. 그리곤 사랑 안에서 길을 잃고 허무 안에서 길을 잃어 한없이 울겠다.

"절 자세히 보세요, 스님."

"보고 있다."

"예쁘지 않아요?"

"호박꽃도 갓 필 땐 어라방창 예쁘거늘 하물며 여자 나이 이팔청춘에 그만치도 안 예쁘면 죄악이지."

"여자가 미우면 죄짓는 거예요?"

"살인죄 이상이지."

"너무 퉁박치지 마세요. 전 번갯불에 콩 굽듯 스님께 반해 버린 제가 대견해 제가 또 내게 반한 여자걸랑요."

감수성이 유달리 발달한 소녀다.

열여덟 살 소녀 치곤 세상 보는 이치나 남자 보는 눈이 굉장하다. 오냐, 갈 데까지 가보자. 피차 고삐 풀린 망아지다.

세계적 철학자 마르코스도 절세미인이야말로 지상최대의 우상이라 예찬해 마지않았다. 은부치는 새삼 신비롭다 못해 소름 돋는 가시내다.

그만치 특별함에, 섹스 장소도 특별해야 안성맞춤이다. 영시를 기해 보무도 당당히 대웅전으로 난입한다.

"부처님, 불효자가 돌아왔습니다."

당신께서도 반가우신 기색이다.

퍽 너그러운 대자대비 미소 날리다가 이내 정박아처럼 헤벌쭉 풀어지신다. 거, 잘됐다.

소녀를 부처님 기준해 일직선으로 정중앙 카펫에 눕힌다. 천천히 옷을 벗긴다. 티셔츠, 브래지어, 스커트, 팬티 순서다. 소녀는 죽은 듯 미동하지 않는다.

상상하고 기대했던 대로다. 안팎이 깨끗하고, 깨끗했다.

이어지는 신고식은 부처님 전상서다.

"미스터 석가모니 당신. 그동안 우중충한 밀폐 공간에 갇혀 얼마나 적적 하셨소이까? 당신도 자유분방하고 싶었을 것입니다. 잘 견디셨습니다. 일부 ☩들은 당신을 돈벌이로만 이용했지만, 저는 아닙니다. 바야흐로 세기말을 초극해 선삼선녀가 한마당 신명나는 굿판 벌일 것인즉 감상하소서. 얼쑤! 공연 전 당신 손바닥에 제 유언을 미리 적어 놓겠소이다. 행여 공연 중 소승이 복상사 할 수도 있어서입니다."

소녀를 나체로 눕힌 채 난 아득바득 내 키 높이의 불탁으로 기어올라가 역시 나의 키 높이인 부처님 큼직한 손바닥에 매직펜으로 나의 유언을 날림체로 써 갈긴다.

현몽 King의 유언

나 오늘밤 비명횡사하면 화장시켜라.
화장한 뼛가루는 금가루 5%, 세라믹 5%와 버무려
해바라기 꽃 모형으로 다듬으라.
그리곤 이 소녀 박은부치에게 전달하라.

추호도 부끄럽거나 송구스럽지 않았다.
난 뻔뻔한 구제불능 인간으로 재차 데뷔하고 있었다. 부처님이 증인
으로 버젓이 지켜보시는 현장이다.
그대로 벼락 쳤다.
난 서른네 살 나이에 마침내 총각딱지를 뗐고, 열여덟 살 은부치의
처녀성은 지상에서 영영 사라졌다. 이 소녀 기다릴 것이다. 사흘 이상
삼 년 이상!
막상 짓고 보니 대단한 스포츠였다.

언젠가 세계적 종교 지도자로 유명세를 타는 달라이라마를 만나고자
했었다.
의전절차 싹 무시한 채 오만방자하게 쳐들어갔었다. 정문엔 인도 경
찰관 두 명이 상시 보초로 버텨 삼엄하다. 그래 봤자다.
내가 허를 찌른 건 비서실이다. 비서실장과 맞짱을 뜬다.

"곤란한데요."

비서실장 왈 한 달에 한 번씩 열리는 공개면담(public audience)에 응하라는 주문이다. 그딴 거야, 그곳 맥레오드 간즈(Mc Leod ganz)의 외국인 여행자라면 누구나 아는 상식이다.

즉, 며칠 전 길거리 방송 통해 희망자를 모집한다. 오시라 오시라, 노벨 평화상 수상자인 달라이라마의 직접 법문이다. 응시자는 감지덕지해, 여권을 맡기고 신원조회 거친다.

날짜가 잡혀 참석하면, 달라이라마는 신비롭게 나타나 세계평화 운운의 메시지를 두어 줄 전하고, 앞줄에 도열한 청중과 악수 나누며 스냅사진을 찍는다. 다분히 사전에 짜인 각본대로다.

앞줄 사진은 일정 가격이 정해져 있다.

"난 독대(private audience)다."

"독대엔 나름의 규칙이 따른다."

"뭔가?"

"첫째, ×× 기부자, 둘째, 현역 매스컴 종사자, 셋째, 본국에서 유명한 자."

굉장히 껄끄럽고 쩨쩨한 조항이다.

하긴, 뭐 별것도 아니다. 세계 도처 모든 곳에서 이루어지는 행태다. 멕시코시티엔 성모 마리아 재림으로 유명한 과딸루페 성당이 있다. 그곳에서 점잖게 대주교님 면담을 신청했다가 똑같은 사유로 거절당한 바 있다.

난 우격다짐으로 비서실장을 다그친다.

"나도 알고 보면 유명인이다."

사실이다. 왕년에 강간범으로 떠들썩하게 이름을 날렸었다.

"증거를 대라."

"어떻게?"

"본국으로 연락해 우리들 팩스(fax)에 당신 유명세를 전송시키란 거다."

"차라리 직접 편질 쓰겠다."

Dear, Loneliness Dalai Lama
당신을 만나야겠다.
당신은 인간의 죽음을 가리켜 단지 철 지난 옷을 갈아입는 요식 행위일 뿐이라고 서방 언론과의 인터뷰에서 피력한 바 있다. 사후에 다시 태어난다는 자신감의 표현이겠지만, 되게 웃긴다.
땅에서 환생한다는 점에선 힌두교나 회교 교리와 일치한다. 하늘에서 환생한다는 기독교 교리와도 큰 맥락에선 상통한다. 그럴바에야 4파가 비빔밥으로 연대해 한 장의 종합보험 카드 만들고, 그걸로 입맛 따라 요리조리 원스톱 혜택을 공유함이 편리하겠다.
불교는 살아서 구원받는 자력종교다. 환생을 인정하지 않는다. 그런데 당신들 라마는 왜 굳이 불교를 끌어들여 라마불교라 명칭하는지 난 그것이 알고 싶다.

비서실장이 읽어 보다 말고 벌레 씹은 표정으로 일그러진다.

내 꼬락서니도 켕기는가 보다. 그도 그럴게, 中이란 놈이 봉두난발에다 상의는 티베트산 저고리고, 하의는 인도산 통치마다. 게다가 빨간 루즈로 피칠갑한 입술에선 줄담배 연기 칙칙푹푹 날린다. 후하게 보면 삐에로요, 박하게 보면 넝마주의다.

개의치 않고 난 몰아친다.

"어떤가? 전할 수 있는가?"

"전하는 데만 최소한 5년 걸리겠다. 당신류의 경거망동한 자에겐 이나마도 특혜다."

"무엄한지고!"

"Number ten!"

쌍말이 오고 간다.

"사흘 내에 미팅날짜 잡아 달라."

"Why 사흘인가?"

"난 예쁜 여자가 아닌 한, 사흘 이상 기다리지 않는다."

치사하게 굴지 않고 깔끔하게 발을 뺀다. 날 문전박대 해봤자 자기들 손해지, 내 손해는 아닐 것이다. 박은부치급의 여자가 아닌 한, 상대가 교황일지라도 난 사흘 이상 머뭇거리지 않는다. 종교 지도자들 배알해 봤자다. 그들의 통신은 백 년 전이나 백 년 후나, 판에 박은 듯 천편일률적으로 그게 그거 아니던가.

온 누리에 평화와 축복을!
만방에 자비와 사랑을!

누가 그딴 것 몰라서 평화롭지 않고 축복스럽지 않은가?

논리의 비약에선 그럴싸하나, 냉혹한 현실에선 한낱 미사여구에 지나지 않는 잠꼬대다.

내가 솔직하게 서민들 속내를 대변하겠다.

온 누리에 돈다발을!

만방에 로또복권을!

오늘날 지구촌은 사실상 이렇게 돌아간다.

은부치와도 유사한 지랄발광 속에서 돌아갔다. 수시로 만나 재미나게 놀았고 거룩하게 술을 가르쳤다.

"은부치야, 우리 만난 지 백 일간 2층은 도합 일곱 번 지었더라."

"섭한 말씀."

"섭하다니?"

"여덟 번이에요."

"한 번은 대취해 짓다 말았잖아?"

"그게 무슨 상관이래요. 대가리만 살짝 들이밀면 일차 폭발로 계산하는 거예요."

"뭘 아는구나."

"몰라야 할 것까지 스님 덕에 알고 말았어요."

"발이 신데렐라의 손보다 예쁜 년."

"발만?"

"전체적으론 신데렐라 열 개, 황진이 열 개 보탠 것만큼이야."

"저 말고 여자 또 있죠?"

뜨끔했지만 진실이다. 동시다발적 이중연애(double date)가 도덕을 뛰

어넘어 내게 횡행하던 호시절이다. 은부치가 여고 2년생인데 반해, 숨겨 둔 소녀는 대학 1년생이다.

그녀들은 막강한 돌연변이였다. 불교라면 불조심 표어나 연상된다는 머저리 처자들과는 차원이 달랐다.

"What is time?"

내가 현재시간을 물으면 은부치 반응은 'sex time'이고 숨겨 둔 여자 배비의 대답은 'kiss time'이었다. 기습침공의 대가였던 배비에 관해선 다음 파트에서 세밀히 소개하겠다.

난 여복이 많았다고 할까, 아니면 여난이 많았다고 할까, 지긋지긋한 여자혼란 속에서도 세월은 꾸역꾸역 가고 있었다.

정말 지금은 몇 시일까?

내가 태어나기 1초 전일까?

내가 죽은 지 1초 후일까?

3백 년 전이다.

아녀자는 문밖 외출이 번거롭고 中들은 도성출입이 엄격히 통제되던 배불정책의 유신시대다. 그때 이곳 맙소사 구성원은 백여 명으로 꽤나 큰 대찰이었으나, 문제는 거의가 타의로 운집한 어중이떠중이였다는 점이다. 모조리 눈깔이 새빨개 날뛰는 약토깽이였다.

가슴 벅찬 공동 화두는 여자다. 여자란 무엇일까?

혈기왕성한 청장년층 中들은 오매불망 여자삼매경에 빠져 부글부글 피 끓는 정욕으로 치를 떨었다. 여자를 독사라고 훈육하는 절집에서

탱화 속 부처님 지근엔 어쩌자고 비까번쩍한 팔등신 미녀들만 우글거리는가?

여자가 독사란 건 만민평등 사상에 어긋나는 독소조항이다.

파업을 해서라도 바로잡는 게 사문의 도리다. 卐들 파업이라면 여러 가지 기발한 방법이 있을 수 있다. 즉, 까까숭이 머리털을 쑥대머리 장발로 기른다든지, 조별로 예불에 불참하든지, 불공의식 거부하든지, 국유화 재산권을 민영화로 바꾸든지, 그야말로 다양했다.

그러나 속사정은 복잡했다.

사찰재산은 알짜배기 노른자위다. 세금으로부터도 자유롭다. 이대로 나가는 게 최고의 이익 보장이다.

단 한 가지 아쉬운 건 여자다.

여자여, 여자여,
개구리 뒷다리 즈려밟고
싸게 싸게 오소서

당시로선 눈물겨운 민주화 투쟁이자 인권운동이다.

박수만 잘못 쳐도 개죽음 당하던 시절이다. 한눈팔지 말고 오로지 한 놈 눈치만 살펴야 목숨을 부지하던 시절이다.

그렇다고 쥐구멍에 볕들 날 없다던가. 드디어 삼월삼짇날 강남제비 뒤따라 야시시한 분내음 온 도량에 흩뿌리며 궁중에서 의전비서격인 상궁이 납신다.

결혼 적령기 이른 세자 저하의 속득혼사 기원하고자 함에서다. 배불정책 이면에 도사린 특권층의 부정행위이자 검은 거래였다.

이내 재수불공 한마당이 산중에 쩌렁쩌렁 울려 퍼진다.

"앙고시방삼세 금차 불공제자

　李아무개 세자저하 보채

　조기 짝짜꿍 쑥덕쑥덕

　속궁합 찰떡궁합 원만성취

　재수대통 길길이 지발원."

여기까진 일산천리로 순조로웠다.

사단이 난 건 불공의식이 파하고 나서다. 지나치게 흥분하고 들뜬 나머지, 언제 어떻게 상궁 일행이 일주문 빠져나갔는지 ⴲ들은 감을 잡지 못해 어리둥절하다는 거다.

여자들이 다녀간 것 같은데, 꿈속에서였을까.

이게 뭐야. 맙소사는 평소처럼 적적요요에 잠기고, 애꿎은 풍경소리만 땡그랑 땡 추녀 끝을 맴돈다. 십 년 공부 도루아미타불이다. 여자가 왔다가 갔단다. 오라지게 상심한 ⴲ들은 잔뜩 풀이 죽어 빌빌 대다가, 누가 먼저랄 것 없이 우당탕 집단 히스테리에 사로잡힌다.

"잊어뿔자, 으앙!"

"암은, 여잔 오줌 한 번 찍 갈기고 지나칠 공중변소여!"

"으헤헤헤, 여자 여자 니노지!"

혹자는 목 놓아 징징 운다. 혹자는 물구나무서서 공중제비 비틀고, 혹자는 5인분의 비빔국수를 혼자 말아 먹는다. 그야말로 희한한 원망과 자조와 탄식이 지그재그 맞물릴 제, 예기치 못한 불상사가 터진다. 진앙지는 우리들 본부 대웅전이다.

간첩이 왔단다. 희망버스가 왔단다.

산불이나 맹수습격 시에 쳐야 할 범종도 딩딩 비상사태를 예고한다. 여자 숙제일랑 차후로 미루고, 中들이 두 주먹 불끈 쥔 채 사고현장으로 속속 집결한다.

가 보니 스님과 행자 간 격투기다.

"네 이놈 행자야, 값진 명품일수록 밥그릇 수에 따라 임자를 정하는 게 부처님 댁의 평등보시 원칙이다."

"먼저 습득 한자가 임자요."

"법당은 내 관할인 고로, 너는 점유이탈물 횡령죄를 범하는 중이다."

"내 살아생전 이만한 보물은 기적이요."

"기적이면?"

"양보 못한당께요."

"내노라 카이!"

"못한당께!"

전라도 경상도 간 힘겨루기 같지만, 발단은 터래기 한 올이다. 그걸 두고 중과 행자가 서로 제 것이라고 핏대 세운다. 사리사욕에 찌든 이 전투구다.

더 나아가 공공질서 문란이다. 민감 사안이다. 中들이 들고 일어난다.

"이건 새 마음이 아니다."

"구태의연한 헌 마음이다!"

"中이고 행자고 공금횡령 범법자다!"

"축출! 추방!"

대뜸 인민재판에 회부되어 2인의 공범은 집행유예 없이 백 년형으로 영구추방 당한다. 여타 대중은 황급히 비상대책위원회를 꾸린다. 관심 사항은 노심초사 터래기 한 올이다. 이건 사찰 안위와 직결되는 중대 사안이다.

털을 사수하는 게 급선무다.

"치솟는 불끈 감정 삭히고, 맙소사 백년대개 내다보며 냉정할 필요가 있다. 대중은 이걸 골고루 나누기 원하나 우리 식구 백 명인바, 백 쪼가리 냈다긴 가루도 안 남는다. 원본도 살리고, 실리도 챙기고, 명분도 내세울 정치적 타협점을 짜내자."

다음은 여야 스님들 난타전이다.

"일단 노약자는 배제하자."

"인권 유린이다."

"빼앗긴 청춘이 억울한 사십대가 주도권을 갖자."

"편협한 종파주의다."

"원로회의에 일임하자."

"제비뽑기가 공정하다."

"핵심을 흐리지 말자. 핵심은 털이다!"

"간단하다. 털을 액자에 넣어 법당에 걸어 놓고 하루 삼세 번 예불 시간마다 참배하자."

"위험한 발상이다. 도난의 우려는 어쩌고?"

"中이 中을 못 믿남?"

"믿는 도끼에 발등 찍히는 법."

그러자 무식한 일부에서 마구 유식을 쏟아 낸다.

"소 잃고 외양간 고치기."

"가는 날이 장날."

"자라 보고 놀란 가슴 솥뚜껑 보고 놀란다."

이건 창사 이래 최대의 악제였다. 여론이 나이 따라 지역 따라 제각각으로 사분오열한다. 정쟁이다. 지독한 정쟁이다.

"드릴 말씀 있소이다!"

이때 혜성처럼 등장한 새 시대의 해결사가 있었으니, 그동안 말석에서 침묵하던 20대 중반의 잘생긴 스님이다. 유식하게시리 "따쟈하오!"라고 당시엔 어렵고 존경스럽던 때놈(Chinese) 인사말까지 곁들인다. 일순간 모두는 솔깃한다.

"삼가 비책을 아뢰겠소이다."

"흠, 비책이라?"

"갑론을박 앞질러 오늘의 핵심인 터래기가 여자 아닌 남자의 것이라면 어찌하시겠습니까?"

"냉철한 지적이여. 남자의 것이라면 육박전 접어야제."

그렇담 쐐기를 박을 단계다.

"만장하신 내외귀비 여러분. 무지무지 아깝더라도 터래기 끄트머릴 촛불에 스리슬쩍 꼬실러 봅시다. 음양의 법칙상 타는 소리에 확연히 차이가 날 것입니다."

"과학적으로 어떻게?"

"남자라면 짜지직!"

"여자라면?"

"잘 암시롱 왜 그러세요?"

"좋아. 가보드라고."

"자, 갑니다. 긴장들 푸시고 셋, 둘."

"하나!"

우와, 뽀지직이다.

일제히 얼싸안아 열광한다.

"정의는 이겼습니다. 남은 과제는 콩 심은데 콩 난다는 원리입니다. 가마솥에 넣고 사나흘 푹 고아서 한 사발씩 들이켜 원기 회복한 다음에도 원본은 고스란히 보존될 터인즉, 그다음 처리 문제는 추후 논의해도 늦지 않을 것이외다."

즉각 "찬성!"이란 단말마 절규가 고막을 찔렀다. 뒷방에서 10년째 중풍으로 골골 앓아누웠던 구십 객 노장님이 엉금엉금 기어 나왔다.

"나도 한 사발 마셔야겠다. 이다지 기상천외한 노후복지가 달리 어디 있더냐. 무쌍의 열정을 안겨 준 현몽스님을 차기 맙소사 주지로 천거한다."

"옳소!"

"밀자, 현몽이!"

"새 시대의 새 일꾼!"

간추리면 얼추 이러이러한 야동인데, 야동 속에서나마 나 현몽은 지지리 위대하고 지지리 잘났더란다.

은부치 그녀와의 세월.

나는 언제나 미치도록 허무해 있었고, 덩달아 사랑해 있었다. 그야말로 극한대립의 모순이었다. 사랑과 허무가 어떻게 동일한 울타리 속으로 잦아들겠느냐. 마치 집채만 한 바위덩이를 언덕 위로 굴려 올리려는 것과 같은 이치다.

난 그렇게 억지 속에서 살았다.

남자 여자는 왜 상대방과의 나이 차나 직업에 상관없이 무조건 이끌리는가. 이유는 간단하다. 스스로 타고난 인생이 허무해서고, 이것이 바로 남녀 간의 비밀종교다.

남녀 간엔 어떤 이유로든 교환가치가 전무하다.

똑같은 제로 지점에서 난 박은부치를 내 인생 최고치의 승부처로 여겨 전액을 투자했고, 충분히 그럴만한 가치가 있었다. 그녀는 미국의 LA에서 좌판으로 장사를 시작해, 오늘날 어마어마한 부를 누리는 사회 사업가로 성공했다. 그녀는 말한다.

"난 열여덟 살 내 가슴에 피멍으로 새겨 준 스님의 허무감 땜에 성공했고, 허무감 땜에 수익금 전액을 자선단체에 베풀게 되었어요. 이렇게 키워준 스님께 감사드려요."

이게 약간의 모순을 띤 요소이긴 하나, 실제 사랑의 생성에선 전혀 문제되지 않는다. 우리는 사랑과 허무, 있음과 없음, 진실과 부조리에 입각한 궁극의 막다른 길목에서 만났던 거다.

자아에 대한 에고ego는 일단 접은 상태였다.

완벽한 허무에 빠져서 그때야 드디어 서로를 통찰하기 시작했겠다. 고로 그녀와 나의 사랑엔 어떤 조건이 개입되지 않는다. 우리들 사랑의 꼬리표엔 가격이 매겨지지 않는다. 그래서 우린 언제나 유행하는 최첨단의 청바지였다.

복잡한 계산은 우리 사이에 성립하지 않는다.

허무를 극복하면서, 허무할 때의 그 허무, 사랑을 타도하면서 사랑할 때의 그 사랑은 너무나 아름다운 것 아닌가.

허무는 간결하며 지극히 냉소적이다. 사랑은 간결하며 지극히 온화적이다.

더불어 너무나 맑고 분명하여, 우리는 거기에 결국 빠져들 수밖에 없다. 이렇게 하였음에, 훗날을 두고두고 우린 언제나 새롭게 재회했다.

깊이와 절절함이 샘솟는 재회를 이어갔다. 그 이상 무엇을 더 바라지 않는다. 더 바란다면, 그건 집착이 된다.

우리 사이엔 어자도 없고 남자도 없다. 그냥 그것은 그대로(it is as it is)고, 우리는 우리였다. 현재도 우리는 우리고 내일도 우리일 것이다. 성경말씀 누가복음 24~5절을 약간 바꾸어 우리 사이를 정리하겠다.

"당신이 당신 목숨을 지키려 들면 잃을 것이요, 서로가 서로를 위해 제 목숨을 버린다면 우린 구원 받을 것이다. 사람이 온 세상을 얻고도 나와 당신 사이를 잃는다면 무엇이 유익하겠는가?"

E. 사랑하야 죽는다

아래 수록한 편지들은 숨겨진 여자 배비가 보낸 것들 중 일부다.

그녀는 나와의 연애에 목숨을 걸다가 7년을 버티지 못해 이승을 하직한다. 뉴욕의 낯선 땅에서다. 당시 배비만 떠난 게 아니다. 은부치는 LA, 릴리는 샌프란시스코, 휘파람 소녀 송밀희는 피닉스로 떠났다.

어쨌거나 소개할 건 편지다. 케케묵은 아날로그 시대였다. 편지로 사랑을 주고받았다. 이 사연들은 본시 여성잡지〈주부생활〉에 연재되었다가, 연달아 두 군데 출판사(창해, 들꽃세상)를 통해 "사랑고행"이란 타이틀로 활자화된 바 있다. 이 때문에 여기선 엑기스만 농축해 20분의 1로 줄였다.

당시 독자들 중 두 명의 여자가 입산을 단행하는 불상사가 발생했고,

몇 명의 여성 독자가 배비 위한 제사까지 지내며 그녀를 추모함에 재탕 삼탕 들추어 보는 바다.

1. 사랑하는 현몽스님

홍익인간 싸나이는 국방의무 3년(현재는 줄었지만) 기 쓰고 채우듯 화끈한 연애도 3년이 이상적이라고 당신은 늘 말했다. 3년 유통기한 지나면 연애 역시 무효라는 게 당신의 연애학 개론이다.

당신, 참으로 웃기는 스님이다. 우리 함께 울릉도 거문도 두 달간 휘돌다가 귀가한 지 열흘 남짓이건만, 난 하마 수십 년은 훌쩍 넘은 듯 어제가 새삼스레 애처롭다.

엄마는 하루가 멀다고 열렬히 타박하신다.

"네 애인이란 작자가 스님이라며?"

"네, 멋진 스님."

"주지냐?"

"아뇨."

"아니람?"

"바람으로 떠도는 객승이죠."

"벌써 3년째다. 장차 어쩔 건데?"

"죽자고 매달려야죠."

"내가 심부름센터 고용해 뒤를 캐본즉, 그놈 타락승 랭킹 전국구 1번이더라. 강간범이라는 전자발찌도 붙었고."

"그러건 말건, 제겐 구세주예요."

"돈도 없이?"

"사람이 꼭 돈으로만 행복해지나요? 엄만 구닥다리 김 여사니까 주차장 빠꾸(back)할 때 접촉사고나 내지 마시라고요."

"망할 놈의 신식연애 두 번 벌이다가는 착한 낭자들 다 ⊕한테 잡아먹히겠다. 훌훌 털고 새출발하거라."

아휴, 숨차라.

편지를 요 모양 요 꼴로 마구잡이 헝크는 것도 감칠맛 난다. 걸쭉한 쌍욕도 양념으로 버무리고 싶지만 오늘은 꾹 참는다.

당신은 내게서 지킬과 하이드이다.

그러지 말라.

당신이 외로운 사람으로 동서남북 쏘다니는 한, 그건 내가 내게 참지 못할 치욕이다. 당신은 겉 다르고 속 달랐다. 아무 지지배나 하얗고 동그라면 나 죽여라 지랄 떨면서도 실속은 텅 비어 맹탕이다.

년들은 지나가고 당신은 혼자 남더라. 다시 말해 당신이 년들을 데리고 논 게 아니라 년들이 당신을 데리고 놀았단 거다. 왜냐?

당신은 순수하니까. 잘 생겼으니까, 철부지니까.

오늘밤은 나도 마신다.

우리들의 밤마다 몸서리치도록 지긋지긋했던 당신의 술, 폭음을 기념한다며 폭음하던 당신의 술 한 방울, 피 한 방울.

당신의 천하무적이던 원샷(one shot)을 잊지 못한다. 첨가하여 당신의 음주5계도 잊지 못한다. 화랑5계보다 당당하고 기독교 5계율보다 위태롭던 당신의 그것.

현몽 King의 음주 5계

1. 술은 소맥 위주로

2. 안주는 있으나 마나로

3. 대작은 예쁜 여자 하고만

4. 장소는 내 독방 중심으로

5. 결말은 생사불문으로

2. 사랑하는 현몽스님

촛불이 붓다 환했던 몸뚱아리 사그라지는 곳 모르듯, 짠했던 우리네 자취도 스멀스멀 퇴색하는지라, 난 연거푸 오열한다.

우리는 어디로 사라져 가느냐?

불현듯 당신과 ×탕 하고픈 충동에 부르르 떤다. 개 같은 흘레, 뱀 같은 꽈배기 자세도 하등 부끄러울 리 만무하다. 인간이 만물의 영장이란 자화자찬이 오히려 부끄럽다.

인간은 개보다 나을게 하등 없으면서 인간 말종을 뻑 하면 개한테 뒤집어씌운다.

개가 어때서? 개는 진솔하고 충직하더라.

개보다 못한 인간들이 대한민국엔 심심치 않게 출몰하는데, 저네들 분포 지역은 주로 서울 여의도나 명동이나 견지동이더라.

어쨌건 끝내 불가사의로 처리될 우리네 섹스 문화.

당신은 지금껏 달랑 한 번의 섹스로 나와의 경기를 마쳤다. 밀밀한 사유가 무엇인가? 난 일 년 삼백예순다섯 날 하고도 하루가 더 많게 당신과 의쨔의쨔 붙고 싶건만.

3. 사랑하는 현몽스님

세상엔 쌍것들이 지천으로 널렸구나.

서울시내 쏘다니다 보면, 무작정 공알 박치기 하고픈 개기름 색골들 지천으로 깔렸더라. 대갈빡은 빈 깡통이면서 외양만 번지레한 놈들.

내가 스님 당신께 느꼈던 남자는 이 세상 어디에서도 복제가 불가능한 고유명사였다.

그날이 그립다. 갈꽃 스산하던 어느 가을날, 영월암(경기도 이천시) 산골 도랑에서 댓닢배 접어 띄우던 때, 그때 당신은 메사이였고, 내 자그만 몸통은 당신을 감추는 보물지도였었다. 그런 그런 당신이 나와의 2층(sex)을 피하면서, 내게 만연하는 건 세 가지 동물적 본능뿐이더라.

하나, 게걸스레 처먹고

둘, 허벌나게 취하고

셋, 미치게 딸딸이 치는 것.

(딸딸이−masturbation)

4. 사랑하는 현몽스님

당신이 쪼그라들어 삿된 부귀영화에나 물든다면, 당신은 청량리 오팔팔의 호객꾼에 지나지 않을 것이다.

드높이 날아오르라.

Kims Hyunmong
1999

당신의 과거 애인이었던 미국년 릴리는 당신을 King이라 불렀다지?
그래, 당신은 킹이다. 연유하여 당신 주변엔 늘 UFO가 날았고, 왕조
가비 선녀 같은 전설이 떠돌았다.

당신이 있어 내가 있었던 내 인생. 머잖아 당신은 술도 끊고, 종교도
끊고, 물총도 끊어 내는 4차원의 엑스맨(X-man)으로 내 시야를 완전히
벗어나겠지.

빛의 후계자인 당신, 빛의 대주주인 당신.

더는 여자 땜에 망가지지 마소서.

5. 사랑하는 현몽스님

캬, 웃긴다.

당신 이력서는 오나가나 무일푼에, 주거부정에, 신원불확실에, 행방
불명에, 간혹은 자살미수다. 누누이 당부컨대 우리네 2층을 단 한 번
으로 마무리 지었듯, 당신은 단 한 번의 통증으로 이승을 승부하고, 단
한 번의 피울음으로 영생을 승부해야 한다는 것.

6. 사랑하는 현몽스님

요즘도 하루 스물네 시간을 두 동강으로 싹둑 잘라서 생활하는가?

참선정진의 낮 한 시간, 음주가무의 밤 한 시간.

요약해, 그토록 절제된 소아마비적 하루 동안 당신 허무의 표상인 세
계 4대 성인들은 타도되던가?

당신은 스스로 타오르는 가연성 발화물질이다.

그런데 무엇이 더 외롭고 무엇이 더 허무하다고 자신의 좆뿌리까지 물어뜯으며 볼썽사납게 으르렁 거리는지…….

7. 사랑하는 현몽스님

우박 치듯 눈물이 샘솟는다.

몽이 당신. 기쁨은커녕 허접스런 역경만 내게 촘촘히 뜨개질해 준 남자, 빨주노초파남보 청춘을 우중충한 잿빛으로 염색해 준 남자.

당신으로 인하여 난 시시각각 신호위반에 좌회전이고, 이제 내게 남은 인생은 땡(zero)이다.

8. 사랑하는 현몽스님

우리 부디 소설이 되지 말고 시가 되자.

시가 되기 전 여백이 되어 버리자.

일보일배 부일배로 재끼는 중이다. 오동추야 달이 밝아 오동동이냐, 꺼억! 취한 김에 맺혔던 썰을 풀겠다.

유명 여가수 Z양 사건이다. 난리법석이 1년 전 터졌기에 망정이지, 금년이라면 우린 얼마나 더럽게 침 뱉으며 등을 돌렸을까.

가혹하게 추웠던 영하 13도의 밤. 내게 모질게 칼질하던 그날 밤의 당신, 쌍년과 부비부비 추악하게 비틀거리다가, 내가 카운터에서 전화질 닦달하자 마지못해 내려온 당신 얼굴은 납빛으로 도배된 저

승사자였다.

천하에 나쁜 놈!

난 야속하고 분해서 종로 바닥을 온통 눈물로 뒤덮으며 걸었겠지. 뻔뻔한 당신은 쌍년 히트곡인 무정하게 떠난 당신 어쩌고저쩌고 부르며 밤새 춤추었을 테고.

차후론 그따위로 놀지 마라. 아무 년이나 하고 어울리기엔 당신은 너무 아까운 영혼이니까.

참, 그날 밤 스포츠신문 연예부 기자들한테 전화 돌려 개망신주려다가 꿀꺽 참은 거, 모르지?

9. 사랑하는 현몽스님

신소리 한 꼭지 날리겠다.

혹여 내가 딴 사람과 결혼한다면 그놈은 당신 발가락 한 개만 못할 것이고, 당신처럼 우주 전체로 오는 사나이라면 난 결혼에서마저 실패해 마지않을 것이다. 당신은 삼천대천세계(cosmos)를 가로질러, 풀지 못할 불가사의로 날 스쳐가는 퀘스천마크다.

10. 사랑하는 현몽스님

지난번엔 미안했다.

난 혼자일 땐 여린 실바람에도 당신이 날아갈까 애처롭다가 막상 엮이면 팍 찔러 죽이고파 발악한다. 본질이 흉악한 독부인가 보다.

뺑덕어멈 따위 짚신 거꾸로 신고 닷새를 내리 달려도 내겐 역부족이리라. 명성에 걸맞게 팔다리가 부러지고 척추가 으스러지도록 싸우다가 장렬히 자폭할 것이다.

난 심술통 독부로서의 세계 신기록 세우길 원한다. 표적은 바로 당신이다.

당신이 보통으로 흔해터진 비곗덩이 졸부라면, 내 악독한 피를 수혈해서라도 당신을 왕조가비 소년으로 다시 복원해 낼 것이다.

11. 사랑하는 현몽스님

차제에 당신의 본색을 공개하라.

당신은 유령인가, 남파 간첩인가?

난 당신이 욕심내는 것을 줄줄이 알사탕으로 다 주었다.

동서고금 통틀어 숫처녀 알몸 베팅한 일이 어디 흔했더냐. 치사하지만 주판알 퉁겨 보겠다.

인당수에선 공양미 삼백석이 처녀 몸 공정가격이었다. 이걸 최근의 물가상승과 대비하면 나의 몸값은 도매금으로 쳐도 30만 석이 넘을 것이다. 하건만 좁쌀 한 됫박 구할 능력도 없는 당신이 날 통째로 날름 삼켰다.

불한당 몹쓸 스님아, 신용불량자 땡초 스님아. 당신은 연애기간 내내 날 가슴 아프게 들쑤신 것 말고 쥐뿔이나 무얼 베풀었더냐.

당신이 순순히 내게 귀의하는 날까지 난 백골이 진토 되도록 치고받을 것이다. 당신 아닌 어설픈 좀비(zombie) 들이랑은 시시해서 못 싸우겠더라.

12. 사랑하는 현몽스님

난 절개에 목숨 걸었던 논개의 혼을 뒤집어쓴 느낌이다.

당신을 사랑한다. 당신만이 내 살아생전 절대의 이벤트다. 당신이 내 곁에 머무는 한 난 새록새록 숨 쉬고, 당신 철수하면 난 식물인간으로 시들 것이다. 당신이 내 영겁의 그리니치 표준 시간이다.

현재 벽시계 시침은 영 시 오십 분.

전화 넣었던바, 당신은 오리무중이다. 보나마나 여대생들과 어라방창 어울려 당신 특기인 잘난 척 자랑 내쏟으며 퍼마시겠지.

떠그랄 것들 숙자, 정자, 놀자, 자자, 붙자 하는 '자'자 돌림의 걔네들, 이제 지겹지도 않니?

13. 사랑하는 현몽스님

오늘은 심기일전해 쌍년들 물리쳐야겠다.

하지만 당신은 적잖이 까다로워 여자들 고유권한인 얼굴 손보기도 조심스럽다. 당신은 여자가 화장하는 걸 극도로 증오한다. 손톱에 봉숭아물 대신 매니큐어를 칠하면 퇴짜. 머리숱 지지고 볶아도 퇴짜, 하이힐 신어도 퇴짜, 퇴짜, 퇴짜, 여성퇴짜 전문가다.

좋아라 손뼉 치는 건 애오라지 빗속의 말간 소녀.

말이 되느냐!

당신네 대웅전의 부처님도 게이(gay)처럼 야하게 새빨간 립스틱 처바르고 귀고리 주렁주렁 꿰찼다.

오늘밤도 수십 번 전화 넣었으나, 당신은 비번이다. 깔끔하게 자살이나 하러 나갔다면 얼마나 후련할까. 당신류의 별종이 자살도 한 번 못하고 죽는다면 억울하겠지.

오냐, 자살보살 청해서 팍 죽어라!

14. 사랑하는 현몽스님

당신은 파키스탄으로부터 돌아왔는가?

이곳은 아메리카의 뉴욕, 양키의 본고장이다. 당신이 기약 없이 히말라야에 숨어 버리는 동안 난 자의 반 타의 반에 밀려 한국을 등졌다.

미합중국엔 동서남북 모서리마다 섹스에 환장하는 섹스 환자들로 북새통이다. 당신 말대로 인간은 기껏해야 섹스로 전염되는 한시적 바이러스인가 보다.

15. 사랑하는 현몽스님

케 세라 세라que sera sera로, 무자식 상팔자로, 무계획 상팔자로, 노시계줄(no schedule)하여 좌충우돌로 막 사는 당신의 인생이 부럽다. 당신이 크레용으로 벽에 써 갈긴 캐치프레이즈도 부럽다.

The last plan

In my life is

To be crazy.

16. 사랑하는 현몽스님

당신을 갓 상봉한 열아홉 살 꽃띠엔 당신이 손바닥만 한 부피여서 간수하기 쉽다가, 스물두세 살엔 운동장만치 팽창해 곤혹스러웠고, 근래엔 공권력 빌려도 감당 못할 만큼 부풀어버렸다.

오늘은 무얼 하시는가?

하긴, 늘 아무것도 안하는 빈둥빈둥(nothing doing)이 당신의 썩 바람직한 일과이겠지. 당신의 숨은 모습을 아무도 모르더라.

그래서 더욱 자랑스러운 여보 당신아.

오늘밤은 손가락 찔러 피 한 방울 소주잔에 타 마시고, 섹스 고프면 내 알몸 공상하며 딸딸이나 치시라.

17. 사랑하는 현몽스님

빈총도 안 맞는 게 맞는 것보다 낫다고 했다.

당신, 빈총 말고 진짜 총 한번 맞아 볼래?

아무래도 당신이 죽든 내가 죽든 둘 중 하나는 죽어야 우리들 풍경화는 아름다울 것 같다.

18. 사랑하는 현몽스님

무정한 하느님(또는 노망하신 하느님)은 어쩌자고 동시대에 현몽이와 배비를 내질렀는지 심히 원망스럽다.

긴 말씀 나불대지 않겠다.

당신은 지난달 미국을 다녀갔다.((※)당신은 해외여행 금지 시기이던 20대 때에도 수시로 미국을 드나들었다. 비자도 여권도 없이 말이다. 외교문제가 될까 봐 더는 쓰지 않겠다만.)

일단 당신은 LA에 머물었고, 뉴욕엔 들르지 않았다. 이로써 당신은 박은부치를 택하면서 나를 버린 거다. 내가 은부치와의 타이틀 매치에서 패배했다.

패자로서 구차한 변명 늘어놓지 않겠다. 죽음으로 보답하고, 내 자신에겐 죽음으로 보상받겠다.

첨부해 부탁이 있다. 소박한 부탁이다. 내가 당신께 보냈던 그동안의 편지는 몽땅 불태워 남한강에 뿌리고, 곁들여 나의 사십구재는 신륵사에서 지내 달라(지내 주세요). 그리고 그곳 신륵사 육각정에서 김영동 작곡의 〈한네의 이별〉이나 구성지게 불러 달라(당신 한때 김영동 씨랑 친했었잖아).

사랑하고 헤어지고 물거품이네
그대 아픔 그대의 괴로움
내 눈물 속에 부딪혀
피고름 됐네, 기나긴 세월
당신과 함께 부질없던
사랑도 주고받았네
아아 아아 차고 저 먼 곳으로
당신을 두고 가네

때르릉 띠링띠링

"헬로, 현몽입니다."

"잘 먹고 잘 사세요."

땅(bang)!

그렇게 태평양 가르는 국제전화선 타고 배비는 영영 못 올 불여귀로 이승을 등졌다. 내가 간접 살인자였다.

그녀는 용감하게 권총으로 죽었다.

그리고 난 더럽게 더러움으로 살았다.

이 무렵, 나를 소재로 다룬 두 편의 소설이 탄생했다. 1번 주자는 손용상(연극인 손숙씨의 친동생)으로 그는 문예지 "현대문학"에 〈승묵상기〉를 발표했고, 2번 주자인 김성동은 문예지 "한국문학"에 〈만다라〉를 써서 만 달러(ten thousand dollar)를 벌었다.

두 소설은 묘한 공통분모를 지녔다.

공히 나의 강간사건을 다루었고, 마지막 장면에선 나를 죽였다. 〈승묵상기〉에선 쥐약으로 자살시키고, 〈만다라〉에선 술 취해 죽였다.

종합하자면, 살아선 미안한 사람, 죽음에 썩 어울리는 사람이라는 뉘앙스다. 소설이나마 두 가지 죽음 모두 내겐 하늘이 주는 깜짝 선물이다. 왜냐하면 치매나 암에 비해 한결 축복받은 임종이기 때문이다.

배비와의 인연은 우리가 생명이란 것의 정체를 갖추기 이전, 암컷과 수컷으로 갈리기 이전부터였다고 생각될 정도며, 그녀는 내게 여자는 "엄마"가 아니어도 존경스러울 수 있다는 걸 최초로 깨우쳐 준 여자였고, 나아가선 허무 속에 사랑을 점화시킨 발화성 여자였다.

사랑이다!

그녀는 태어남도, 삶의 본질도, 오직 사랑에 있다는 믿음을 신앙처럼 지녔었다. 그러나 나의 삶은 허무였기에 우리의 만남은 처음부터 끝까지 피비린내 나는 싸움일수 밖에 없었다.

이젠 허무도, 사랑도, 부질없어라.

단, 사라졌을지라도 그녀가 머물었던 자리에 타인을 세울 순 없어, 그 자리는 비워 두기로 한다. 배비가 비운 자리는 영원토록 긴 시간 그녀의 것이기에 아무도 그 자릴 대신 채우지 못하리라.

옛 애인의 옛 사랑을 부활시킨다는 건 지극히 불가능하다. 우린 어쩜 서로의 연애기간 동안 너무 격정적이었음에, 우리 모를 권태기에 쉬 빠졌다고 해야 할 것 같다.

권태기에선 잔인성 말고 남는 게 없다.

암튼 남녀관계란 불가사의다. 고대철학자 스피노자(Spinoza)는 인간의 무의식 세계를 발견한 최초의 사람이었으나, 그는 결국 남녀 간 사랑에선 실패한 부랑자였다. 우리도 그리하였던 것 같다.

이 세상 모든건 실루엣이다.

믿기 시작하면 즉시 속기 시작한다.

낙서 둘

🌼 종교 이야기

A. 하회탈

대기권 저 너머의 성층부엔 사바세계 지배하는 절대 권력의 권능자가 계시며, 그는 텔레파시 망원경 이용해 우리들 사생활을 낱낱이 관찰하신다고 대다수 종교인들은 굳게 믿는다.

그야말로 멍텅구리들이다.

물론 지역에 따라 다양하나, 종교는 본래 원시적 신앙에서 싹텄다. 한국이라면 삼신할미다.

중국이라면 여와고, 일본은 천조대신에, 미국은 자기들도 모르게 자유의 여신이고, 유럽은 눈의 나라 여왕인데, 이들 나란히 여인이었다. 신선계에선 여인들이 판을 친 여인천하였다.

이를 눈꼴시게 본 한 사나이가 쿠데타를 일으켰으니, 그가 바로 호루스horus다. 이놈은 이집트 신화를 주름잡던 뱀파이어 계열이다. 기원전 3천 년 12월 25일을 길일로 택해 고고의 울음 터뜨리는 대신 깔깔 웃으며 태어나더란다.

부여받은 팔자소관은 빛을 지키는 것. 나쁘게 말하면, 기왕의 빛을 독과점 상품으로 등록해 엄청난 시세 차익을 챙기겠다는, 그야말로 '빛 도둑놈'이다. 여기에 비해 대동강물 팔아먹던 조선족 봉이 김 선달은 한참 순진한 촌놈이다.

호루스란 놈은 불공정 거래의 창시자다.

하지만 빛 주식에 투자하는 큰손들이 삽시간에 줄을 섰으니, 인도의 크리시나, 그리스의 디오니소스, 페르시아의 마투라 등등이다.

이건 아직 약과다.

주식 대박꾼은 아연 고요한 밤 거룩한 밤의 중동사막 신사였다. 그럼 12월 25일은 모름지기 어떤 날일까?

천체의 운행 상 동짓날을 기점으로 3일 동안 태양은 남쪽 별자리(southern cross)에 둥지를 튼다. 이때 가장 빛나는 별이 혜왕성인데, 이 고독한 물항아리 섬을 명당으로 정해 성자들은 같은 날 다투어 태어나더란다.

이른바 크리스마스다. 오죽하면 동화나라 주인공인 '피노키오'나 '피터팬'조차 이날을 생일로 정했을까.

혜왕성은 이래저래 수많은 성자들의 잃어버린 고향이더란다.

남은 건 빛의 분배다. 큰손 투자자인 쌍두마차가 사전 조율이라도 거친 듯, 대동소이한 공통점을 지녔으니 대충 추려 보겠다.

1. 가끔씩 물 위를 걷는 재주를 가르치되,

예수의 제자는 홍해를 건너고,

석가의 제자는 갠지스 강을 건너더라.

2. 예수의 생일엔 중동 사막에 눈꽃이 피고,

석가의 생일엔 설산에 연꽃이 피더라.

3. 예수님 설교 시엔 파랑새가 날고,

석가님 설교 시엔 붕새가 날더라.

4. 쌍방간 40일 금식일 때,

예수에겐 불갈비가 유혹하고,

석가에겐 매운탕이 유혹하더라.

5. 굽어 살피시어 두 사람 모두

한 개의 보리떡과 두 마리 물고기로

각기 오백 명 백성을 배불리 먹이더라.

이들은 살아서의 신통력 시합 못지않게 임종을 당해서도 꼴사나운 신경전을 벌였으니, 한 사람이 죽어서 3일 만에 부활하자 한 사람은 3일 만에 관 뚜껑 밖으로 한쪽 다리를 번쩍 치켜 올린다. 죽으면서까지 인생을 장난친 것이다.

하지만 너무 완벽한 똘똘이 만화는 너무 완벽한 고전으로 둔갑해 독자를 홀린다. 다시 말해, 너무 완벽한 거짓말은 하늘까지 속여 감동시키더란 거다. 종교가 지상에서 성립 가능한 밑그림이 바로 이런 완벽한 마술에 힘입어서다.

사는 것, 죽는 것은 몽땅 무상한 마술이다.

우리가 발붙이고 사는 지구도 한정된 수명을 다하면 차디차게 식어 버려 무생물 행성으로 떠돌다가 언젠간 바스라진다.

빛의 원천인 태양 또한 스스로 불타 버려 언젠간 흔적을 지운다. 이를 두고 한 지붕 두 가족이 다툰다.

목사가 먼저 공감을 친다.

"예수님 이르사대, 말세에 내가 너희 젊은것들에겐 환상을 주고 늙은 것들에겐 미망을 주리라. 주의 크고 영화로운 날이 도래하기 전 회개하라. 곧 해가 변하여 암흑이 되고 달이 변하여 피가 되리라."

해가 어두워지면 일식이고, 달이 피를 흘리면 월식이다.

2천 년 전 미개인들은 일식과 월식을 경이롭게 여겼을 테고, 이걸 미리 예지한 그리스도는 그날 맞추어 시의적절한 설교를 하여 만인의 박수갈채를 받았을 것이다. 질세라 수피sufi(무슬림 명상족)도 대단원의 공감로 맞받아친다.

"달이 피로 물들기 전 내게로 오라. 내가 주께서 금지한 것을 일러 주리라. 그분께 아무것도 비교치 말며, 나타나지 않는 죄악에 가까이 하지 말며, 그분께서 신성시하는 생명(pig)을 살해치 말라."

이들은 똑같은 하느님 한 분을 두고 아전인수 격으로 각기 자기들만의 고유명사적 주님이라 우긴다.

기이한 것은 무슬림도 기독교도처럼 천사의 실체를 믿는다는 점이다. 천사는 빛으로 창조된 순수존재며, 이들에겐 각자 주님께서 명령한 특수임무가 부여되어 있다는 것이다.

그래, 특수임무고 뭐고 다 좋다. 다만 한 가지, 공평해야할 하느님께서 유독 돼지를 애완동물로 총애하셨다는 건 쉬 납득이 가지 않는 아이러니다. 하늘에서 혼자 살다 너무 외로워 변태 성격이 되어 버린 것일까.

B. 신들도 또 다른 신을 섬긴다

　세상만사는 이해관계가 참예하게 엇갈려, 여도 야도 제 밥그릇 챙기기 바쁘다. 시민단체나 진보단체나 종교집단이나 자신만의 탐욕을 위해 인생자체를 속이긴 마찬가지다.

　　산에 가야 범을 잡고,
　　물에 가야 가물치 잡는다.
　　잘 봤다 못 봤다
　　꽝 치지 마시고
　　자, 한눈에 골라부러!

장님이 코끼리 다리 쓰다듬으며 저마다 자신만의 색다른 소견을 피력하는 건 널리 회자된 우화다. 현금 대한민국이 이 지경이다.

북쪽은 미쳤는데 남쪽에선 덜 미친것들 이판사판 설치고, 국회는 전라도·경상도 나뉘어 민심은 무조건 자기네 것이라 게거품 물다가, 자빠지면 국가권력 개입이라 분통을 터뜨린다.

종교는 이럴 때 뒷짐을 지고 직무유기 한다. 직무유기 하다못해 특정 정당에 빌붙어 국회의사당에서 놀아난다.

2012년 12월 19일, 그날이다. 내가 태어나 처음 선거란 걸 해본 날이다. 정당이고 이념이고 그깟 개나발을 떠나서, 여자대통령 불문곡직 만들고 싶어서다. 여자 예수, 여자 부처를 애타게 염원했던 나로선 당연지사였다. 두 여자가 후보였지만, 한 명은 애당초 관심 없었다.

치마 휘감았다고, 다 여자가 아니다. 여자는 여자 나름의 다소곳한 향기를 지녀서야 이윽고 여자다. 소가 물을 마시면 우유가 되지만, 뱀이 마시면 독이 된다.

목하 한국을 망치는 집단은 국회와 종교계다. 겉 다르고 속 다른 게 저들 집단이다. 저들이야말로 국민적 시각에서 살피자면, 불법 파업이자 불법 노사분규요, 직업적 악질 데모꾼들이다.

산삼과 호랑이는 한 번도 대면한 적 없는 인간들도 정작 부닥치면 알아본다고 했다. 우리 시대 산삼과 호랑이는 누구였을까?

내 개인적 판단엔 종교계에선 감수환 추기경이고, 정치계에선 박정희 대통령이다.

이 세상 자기만 옳다는 정답은 없다.

1+1= 모두들 2라고 정의한다.

과연 그럴까? 어디까지나 그렇지 않다.

1+1= 11도 되더란 말씀이다.

어차피 돌고 돌아 모든 숫자는 '영(0)'으로 회귀한다. 유와 무를 2와 11로 쪼개서 보는 게 이미 빗나간 상식이다. 0은 가장 작은 숫자이면서 동시에 가장 큰 숫자다.

우리네 선조 할매들은 자손창성을 위해 가능성 영(0)퍼센트인 장독대에 정화수를 떠놓고 빌었던바, 후손은 백퍼센트 상위권에 올랐다.

경제뿐이 아니다. 21세기 최초로 한국에선 여자 주지와 여자 목사가 흥부네 박 터지듯 탄생했다.

예쁜 여자가 세상을 지배한다.

살벌한 무정부 깃발 아래서도 인류가 추구해 마지않을 최후의 본능적 가치관은 결국 심미주의에 입각한 순수성이더란다.

얼어터진 종교는 늘상 순간의 도취에서 영겁의 망각을 수놓는 마약으로 인간을 홀렸지만, 예쁜 여자들은 늘상 파릇파릇한 생동감으로 인간을 들볶았다. 고로 예쁜 여자 예쁜 줄 모르는 인간들(특히 남자새끼)은 지구상의 암세포다.

지구는 살아 있다. 살았으니 물을 쏟고 불을 뿜는다.

그걸 욕심이 지나친 인간들이 괴롭힌다. 참다못한 어느 날, 지구는 스스로 자정운동을 일으켜 암세포를 쓸어버릴 것이다. 대단위 지진이거나 빙하기 재현일 수도 있다.

예수나 부처는 이 상황을 미리 예견한지라, 인류미래에 대한 걱정을 시나브로 했었다. 기독교의 묵시록이나 불교의 미륵하생경이 엇비슷한 예언서들이다.

재앙은 멀지 않았다. 당장 내일, 당장 지금일 수도 있으리라.

자연의 조화 속에 있으면서 자연을 모르는데 삶을 어찌 제대로 알겠으며, 죽는 법을 모르는 터에 사는 법인들 제대로 알겠는가?

인간들의 죽음은 일시적 죽음이다.

반면, 자연적 영원회귀의 죽음은 철저하고 궁극적이기에 향기가 따른다. 자연과 적절히 교류하는 종교는 아름답다.

자연은 인간에게 선(good)을 강요하지 않는다. 그럼 악(evil)을 지으라는 거냐?

어불성설이다. 선도 짓지 말라고 했거늘, 하물며 악이라니.

조용히 바람처럼 주고받되 주는 자도, 받는 자도 없어서야 진정 만족한 인생일 게다. 인간이 잘나봤자 자연의 넓은 품에선 콩알만 한 점 하나에 지나지 않는다는 사실을 깊이 명심해 둘 일이다.

c. 귀에 걸면 귀고리

난 50년 동안 부처님 댁 행랑채에 빌붙어 찬밥으로 연명하는 땡中이다.

종교가 무엇인지 알지 못한다. 명백한 한 가진 종교가 무엇이 아니란 것만은 안다는 거다.

그렇다면 진리(truth)와 사실(fact)은 어떤 점에서 다를까. 만부득이 선을 긋자면, 1+1에서 2의 정답은 사실에 가깝고, 11은 진리에 가깝다.

난 어느 한쪽에 줄을 대지 않는다. 왜냐하면, 무엇이든 믿기 시작하면 속기 시작하기 때문이다.

그래도 찜찜한 걸림돌은 남는다. 믿으면 믿는 만치 비참하고, 안 믿으면 안 믿는 만치 처참해서다. 인간이란 종자가 본래 불량 씨앗인 게 원인이다.

인생은 공수래공수거다. 생각하기 따라선 빈손으로 왔음에 홀가분하고, 빈손으로 감에 더더욱 홀가분하다.

헌데, 종교계에선 빈손도 사후 심판 받으니 회개하라 윽박지른다. 이건 상식적 진리에서 어긋나고, 보편적 사실에서도 어긋나는 억지 논리다.

죽으면 깨끗이 끝난다. 어디에서 무엇인가 되어 다시 만나지 못한다.

가슴과 가슴이 전달되지 않는 마당에, 윤회와 심판이 어데 있다는 건지. 사후 마당놀이는 한갓 유언비어에 지나지 않는다.

인간이나 동식물이나 당대가 윤회의 시초이자 윤회의 최종이다. 그것들 모두 죽어서 더러운 송장하나 남기는 것 말곤 아무것도 없다. 이후 무엇 무엇이 계속된다는 괴담은 종교판 장사 술책이다.

윤회설이 적중한다면, 범생 중에 범생이었던 예수는 전생에 얼마나 무지막지한 흉악범죄를 저질렀기에 가혹한 십자가 형벌을 받았느냐. 심판론이 적중한다면, 북조선 김일성이는 전생을 거슬러 올라가 얼마나 무지막지하게 선량했길래 기쁨조에 포위당해 추앙받는 대복을 누렸느냐.

선한 사람 복 받고 악한 사람 벌 받는 윤리공식은 세계 인구라곤 달랑 요임금 내외와 순임금 내외로 네 명뿐이었을 요순시절에나 가능했던 천 하룻밤 야화다. 선할수록 배고프고 악할수록 배부른 게 21세기 현재의 사실이고 진리다.

인생은 순전히 배달 사고다.

어쩌다 보니 왔고, 어쩌다 보니 여기까지다. 아무도 찾지 않는 분실물이 인간이다. 되돌아가 본들, 여가 거고 거가 여다('여기가 거기고 거기가 여기'라는 경상도 사투리). 그래, 여나 거나 어디서든 개미 쳇바퀴 도는 인생, 오늘 하루 일기 잘 쓰면 평생 일기장으로 손색없을 만치 무기력한 나날을 굳이 살아야 할 이유 없이 살고, 굳이 죽어야 할 이유 없이 죽는다.

어쩌면 짐승 이하다.

짐승이 차라리 인간적이다. 놈들은 종교를 믿지 않아도 상대방 공격할 땐 단숨에 급소를 물어 안락사 시키는 반면, 종교 믿는 인간들은 뒤에서 뒤통수 까고 옆에서 옆구리 쑤시는 암수를 쓴다. 짐승보다 야비하고 더러운 게 인간이다.

그런 것들이 민주주의를 앞세워 선거란 걸 치르고, 대개는 5퍼센트 내외에서 승부를 가린다. 참 아니꼬운 승부. 대한민국 인구 중 5퍼센트라면 최소한 조폭, 건달, 뺑소니범, 쓰리꾼, 사기꾼, 절도범, 강간범, 살인범 등 인간 말종이다. 그렇다면 5퍼센트 당선자는 결국 이딴 쓰레기가 만들어 낸 쓰레기 대표가 아니던가.

종교 또한 뒤지지 않는다.

종교가 사회를 걱정하기에 앞서 사회가 종교를 걱정하는 종교공해 시대로 접어든 지 이미 오래다. 기독교든 불교든 그 나물에 그 밥이다. 감언이설은 필수고, 뻔뻔함은 저들의 특기다.

무조건 반대해서 매스컴 타자.
유명해지면 몸값 올라간다.

도롱뇽 터널 반대! 해군기지 반대! 사대강 반대! 새만금 반대! 송전탑 반대! 원전 반대! 수입쇠고기 반대!

반대가 반대를 부르는 시대다.

이쯤에서 냉철히 한번 성난 얼굴로 되돌아보라.

금수강산 수려한 자연경관을 개차반으로 짓뭉개는 환경파괴범의 주역은 어이없게도 종교인들 자신이 아니던가.

호랑이가 담배 피우던 백두대간의 심산유곡, 거북이와 토끼가 마라톤 시합 벌이던 열두 구비 태산준령, 청설모랑 날담비가 숨바꼭질 벌이던 은산절벽의 옹달샘, 그런 곳들을 무참히 훼손해 기도원, 수련원, 요양원, 교육원, 명상센터, 기림비 동산, 납골당 등 온갖 잡동사니 무수히 때려짓는 골빈 자들이 누군가!

한국 종교는 그동안 신기루적 안하무인에 절어 정박아였다.

구중궁궐 철의 장막에 숨어, 무당 뺨치는 휘황찬란한 옷차림으로 신분을 세탁한 채 자신들만 고고한 척 아만탱천한 독불장군이었다. 고급 외제차 굴리며 해외 골프 여행이나 다니는 재벌승들, 기업형 교회를 세습 대물림하는 목사 나리들, 그들이 언제 알량한 세금 한 푼 냈으며 화끈한 청문회 한 번 당했던가?

기원후 2천 년 동안 세계엔 2천 번의 전쟁이 터졌다. 거의 종교가 밑바탕에 깔린 종교전쟁이었다. 오늘날도 파키스탄, 아프가니스탄, 이란, 이라크, 리비아 등지에서 이러한 종교전쟁은 끈질기게 이어지고 있다.

기독교 혁명가였던 마르틴 루터에게 젊은 시절 추기경 감투 씌워 주고, 한국의 반체제 선봉장이었던 아무개 목사에게 일찌감치 국무총리란 벼락감투 안겨 주었던들, 그들이 그토록 너 죽고 나 죽기로 방방 난리굿 쳤을까.

그들은 종내 선량한 추종자들 가슴에 상처만 새기며 떠났다.

King 허봉 08

태풍이나 전염병 같은 자연재해가 입히는 생채기는 일정 기간 지나면 세월이 약이 되어 그럭저럭 아물지만, 환장하는 건 잘난 인간이 못난 인간에게 남기는 흉터다.

연유하여 나(필자)는 여하한 경우에도 인간이나 인간이 조작하는 그어떤 것에 기대하지 않는다. 부처님이 정녕 계신다면 자살도 할 줄 아시는 인간적인 부처님, 예수님이 정녕 계신다면 치매도 서슴없이 걸리는 그런 인간적인 예수님을 원하신다((※)원체 중요한 멘트라 내가 내게 경어를 써 버렸다).

이 세상에 없는 건 아무리 찾아도 없는 법이다.

행복도, 종교도, 실체가 없긴 장군 멍군이다. 역설적으로 추론컨대, 없는 행복을 아등바등 찾아가는 천로역정이 어쩌면 행복의 원형이고, 없는 종교를 간절히 디자인하려는 마음이 어쩌면 종교일 것이다.

> 태초에 인간이 태양을 만들었으되
> 믿거나 말거나라
> Believe it or not!

예수 당시 예루살렘의 저명한 랍비였던 니고데모가 어느 날 거지나 창녀, 노름쟁이나 도둑놈들과 어울려 다니는 예수를 찾아가 은밀히 물었다.

"천년왕국에 들어가려면 어떤 조건을 갖추어야 합니까?"

"자신을 죽여라!"

에고ego를 죽이고 집착심을 지우라는 추상같은 경책이다.

불교에서도 귀 따갑게 듣는 말씀인데, 어쩌면 먼저 떠난 석가모니의 땅을 여행하며 그의 자취에서 터득한 것일 수도 있다.

예수의 잃어버린 세월 동안 그가 인도의 캐시미르kashmir와 티베트를 떠돌며 혼자 수행했다는 건 널리 알려진 공공연한 비밀이다. 그곳에서 그의 이름은 이사issa였고, 〈이사전〉이란 신파극이 오늘날도 유랑극단에 의해 공연되고 있는 터다.

마음을 비워라! 비우지 않으면 노예가 되고, 노예는 대리만족을 채워줄 추종자를 찾게 마련이다.

사람들은 왜 두고두고 박정희, 김대중, 노무현, 문선명, 김수환 등등한테 빠지는가? 마음을 비우지 못해 불안하므로 열광할 대상을 추구하고, 기꺼이 그들의 노예를 자처하는 것이다.

종교는 사랑이고 용서다.

헌데 힌두교에선 힌두교인이 타종교로 개종하면 화형으로 다스리고 기독교에서도 개종자는 마귀에 씌었다며 맹렬히 성토한다.

거기에 비해 불교는 느슨하게 예외다. 갈 사람 가고, 올 사람 오라이다.

세상에 영원하고 고정불변 하는 것이 어디 있더냐. 인연하여 잠시 머물다 떠날 때까지의 내 이름이 아무개고 내 형상이 사람일 뿐이다. 더 많은 걸 더 적게 알려고 노력하는 게 오늘날 타락한 시대의 참종교이리라.

피상적인 지식은 장애물이지, 심오한 내면이 되지 못한다는 걸 가르치는 것도 오늘날 당면한 종교의 책임이리라.

D. 짬뽕

인간은 자신에 비해 한 수 아래인 사람에겐 경쟁의식을 품지 않는다. 그러나 한 수 위라 생각하면, 맹렬한 적개심을 품는다. 여기서 공공의 적(?)은 성자들이기 마련이다.

"네가 오리지널 하느님의 외아들이라면, 십자가에서 펄쩍 뛰어내리거라. 그런 기적을 나타내서야 우리가 열렬히 너를 독생자로 인정할 것이다."

예수 초창기 과격 경쟁자들은 이런 식으로 슈퍼스타를 질투했는가 하면,

"네가 명실상부한 유아독존이라면 매시간 생사를 자유자재로 해보라. 사실이면 승복하겠지만 거짓이라면 사지를 잘라 개 밥통으로 던

지겠다."

석가모니 경쟁자였던 데비달바는 평생 그의 암살을 주도했던 탈레반이었다. 탈레반의 뿌리는 의외로 깊다.

사람 사는 세상, 흔해터진 일이다.

대한민국도 매한가지다. 간도 쓸개도 빼 던진 종북 세력이 민주주의 최고정점을 부르짖는가 하면, 땅 밟기란 명목으로 유명사찰 대웅전에 똥오줌 싸갈기는 기독교 목사가 버젓이 활개를 친다.

무식해서가 아니라 영혼이 미개해서다.

어떤 특정의 이데올로기, 어떤 편향된 주의(-ism)에 눈깔이 뒤집힌 미숙아들은 냉장고 얼음을 북극이라 오인하는지라, 부처도 예수도 통하지 않는 막가파다.

이들에게 진리나 사실이,

종교나 순수가

무슨 의미이겠는가.

My dear Sakyamuni
As you know I have no place
to go anymore. Sometimes I feel
that I have been too far and the
only place left is heaven. But I
believe in my heart there is a better
place than heaven and that is to
be with you!
As ever King Hyummuu
02. 4. 8.

낙서 켓

금강경 이야기

A. 귀공자 원효

범소유상 개시허망

약견제상 비상 즉견여래

(존재하는 일체 형상이 허망한 것임을

직시할진대 즉시 부처와 만나리라)

약간은 난해하고 역간은 어리둥절한 법어가 금강경 이곳저곳을 장식하는지라, 불교는 한동안 대중에게 그다지 환영받지 못했다. 주제는 수승하나 중간 도매상들이 갈팡질팡하는 바람에 장마당 소통이 여의치 않더라 이거다.

금강경은 일명 요술경전이다. 내 마음 10퍼센트 비우고 읽으면 10퍼센트 만치 들키고, 50퍼센트 비우면 정확히 50퍼센트를 들키니 이르는 말이다.

한 술 더 떠 생계형 승려가 주류를 이루었던 50년대 태고종식 금강경 해설서가 범람할 땐 아예 만인의 기피 도서가 되기도 했다. 저들이 그동안 퍼뜨린 금강경 주해는

"인생이 인생이 아니며, 아님도 아닌 게 아니며……"

마냥 이런 식으로 맥 빠지는 내용이었다.

부정의 부정은 긍정인가. 개판이로다. 원효가 길이 탄식해 마지않다가 부랴부랴 관세음보살 면담을 청한다. 관세음보살은 내가 급할 적마다 어려울 적마다 달려온다는 엄마 같은 존재다.

"당신이 한낱 전설적 인물이 아니라면, 아무쪼록 활현하시어 소승의 깊은 절망감을 어루만져 주소서."

아무리 독경하고 기도하고 아무리 참선하며 애써도, 진리의 문은 두드릴수록 쾅 닫히는지라, 원효는 부득불 환장하여 토굴을 박차고 나간다.

나서 보니 별수인가. 저자거리에선 대깍 관세음보살과는 십만 팔천 리 동떨어진, 주정뱅이자 은사이신 방울대사(실 법명은 대안)를 조우한다.

"어쩐 일로 식식거리누?"

"소승이 미치기 전 관세음보살 잡아 오세요."

"잡아 왔으니, 똑똑히 보거라."

방울대사가 눈 깜짝 사이 꿇어앉더니만, 두 손바닥 가지런히 포개며 합장자세를 취한다. 아아, 저 그림! 원효는 찔끔해 순간적으로 놓쳤으나, 일천 삼백 년 후의 나는 보고 있었다.

표적 없는 표적이었다.

관세음보살은 군림하지 않아 하심(겸손)하며, 공손히 상대방 어루만지는 약손이지, 그 어떤 고정된 물상으로 실재하는 건 아니렸다. 그의 실체는 낮은 데로 임하소서였다.

하심하고 희생하는 자세가 관세음보살이다. 오늘날로 빗대면, 아프리카에서 산화한 이태석 신부라든지, 인도의 테레사 수녀가 현대판 관세음보살일 것이다.

원효는 그러나 아직 잘난 뿔따구 들이대 생떼를 쓴다.

"관세음보살 어디서 왔습니까?"

"알 바 없지."

"온 곳이 없다면, 어디로 갔습니까?"

방울대사는 하도 기가 차던지, 신명나게 요령 흔들며 육자배기 한 곡조 걸쭉하게 뽑는다.

자고 가는 저 구름아

네 갈 곳 네 모름

뉘라서 안 다더냐?

하더니만 방울대사 벼락불을 치신다.

"원효야, 관세음보살 직접 상봉시켰고, 네 갈 곳까지 점지해 주었음에 궁상떨지 말고 쇠갈비나 우지끈 뜯거라."

"천부당만부당입니다."

원효, 아직 멀었다. 살생중죄 금일참회란다.

"생물은 생물끼리 잡아먹어 번창하고, 생사까지 교차시켜 주변을 깨끗이 정화하느니, 이것이 부처님 설하신 인연법인 기라. 하니 끽소리 말고 불갈비나 우두둑 씹어 건조한 혓바닥 좀 호강시키렴."

"아닙니다. 소승은 고기가 나무토막으로 보이기 전까진 한사코 사양할 것입니다."

위의 두 줄 대화는 작고한 이광수가 묘사했던 소설 〈원효대사〉에서 따온 것인데, 많은 독자들이 이 대목에서 감탄한다.

해봤자, 셀프 감동일 뿐이다. 가갈갈갈 너털웃음이나 터뜨리던 방울대사께선 그예 불벼락을 때린다.

"네 이놈! 고기가 고기로 보여서야 먹든 말든 하는 거지, 고기가 나무토막으로 보인대서야 그게 멀쩡한 정상이더냐. 고기는 나무토막이 아닌 확실한 고기로, 여자는 독사가 아닌 확실한 여자로 보이는 게 금강경적 직관이 아니겠느냐?"

방울대사는 끈질기게 어르고 달래 원효를 개울까지 인도할 속셈이다. 무슨 뜻인고 하면, 목마른 말을 개울까지 끌고 갈 순 있어도, 거기서 물을 마시고 말고는 말의 몫이라는 것, 이게 언필칭 불교에서 말하는 '인연법'이란 것이다.

비근한 예로, 불교에 인연법이 있다면 기독교엔 '택한 백성'이란 게 있다. 구원 받을 자가 미리 정해져 있다는 암시다.

종합하건대, 마음 비운 자는 천당이 저희 것이고 비우지 못한 자는 지옥이 저희 것이란 가르침.

마음 비운 자가 승자다!

원효는 그제야 무릎을 탁 친다. 원래 총명하기로 화랑도 동기생들 중 소문났던 수재다.

삼라만상은 텅 비어 공수래공수거다. 관세음보살은 자비를 대변하는 상징적 표상일 뿐이다.

원효의 가슴이 짜릿하게 열렸다.

"육고기 게걸나게 삼키겠습니다."

"썩 현명한 선택이로다."

"먹어 보니 맛이 짱입니다."

"쇠갈비 맛을 알았다면 저기 까무룩한 밤하늘에 걸린 건 무엇이던고?"

방울대사는 숨 돌릴 틈 허락지 않고 고삐를 바짝 조이겠다는 전략이다. 이래서 공부엔 선지식(지도교사)이 필요한 거다.

별을 가리켰으니 별을 본다. 희열이 들끓는다.

매일 밤 뜨는 별이건만, 오늘밤 대하는 별은 또다시 새롭다고 느끼기 시작한 것이다.

원효, 성불했다. 성불이 별것인가. 성불이란 잘 노는 걸 일컬음이다. 그날부로 별을 헤며 별을 엮으며 원효는 유유자적 놀아난다.

별처럼 머물지 마라
머무는 바 없이 빛나라

별들은 일정하게 머무는 바 없이 떠돈다. 머물지 않는 그곳이 별들의 고향이다. 참 맛깔 나는 고향이다. 타향살이 정처 없음이 고향이라니, 얼마나 멋진 고향인가.

여래의 한문글자는 '如來'다. '별처럼 반짝이며 왔노라'는 뜻이다. 범어(sanskrit)로 쓰면 'tatagata'다. '별처럼 반짝이다가 사윈다'는 뜻이다.

별처럼만 산다면 우리네 인생 오는 것도 축복이요, 가는 것도 축복이다. 별처럼만 산다면 내일 살다가 오늘 죽어도, 오늘 살다가 어제 죽어도 인생은 현재진행형의 영겁이다((※)참고로 밝히자면 난 여래를 한문으로 '女來'라고 쓴다).

> 자루 없는 도끼를 내게 달라
> 하늘 떠받힐 기둥을 깎을 테다

위 뽕짝은 방울대사의 담금질에 힘입어 한 소식 깨우친 원효가 자작곡한 세레나데다. 이때 신라 고관대작들 사이 선풍적 인기를 끌던 금강경 법문을 상감마마께서 친히 듣고자 원했으나, 쫄아 버린 어리바리들 아무도 선뜻 나서지 않자 이십대 후반의 원효가 과감히 치고 들었겠다.

하룻강아지 범 무서운 줄 모르는 법이다.

만루 홈런을 칠 절호의 기회였다. 그리고 치고 말았다.

만장하신 청신사 청신녀 여러분!

불교는 눈만 뜨면 충성할 충과 착할 선을 강요하는 사회주의 종교가 아닙니다. 불교는 편협한 선악에서 해방된 자유종교입니다.

아울러 불교는 술을 등지라는 금주종교도 아닐뿐더러, 색을 등지라는 금욕종교도 아닙니다. 그러니 인간이 누릴 수 있는 모든 즐거움 다 누리십시오.

인간의 권리 제1조는 즐거움입니다. 단, 술을 술답게, 색을 색답게 제대로 즐기라는 것입니다.

불교는 제물을 등지라는 무일푼 종교도 아닙니다. 모으되 집착하지 말라는 것입니다. 삼라만상 두두물물 모든 것에 애당초 이름표 붙은 내 것이 어디 있었습니까.

목숨도 내 것이 아닙니다. 생자필멸입니다.

인연 따라 잠시잠깐 머물건만 백 명 인간 중 내 앞의 아흔아홉 명이 차례로 죽어도, 난 결코 죽지 않을 것이라 믿습니다. 이게 바로 집착입니다.

인간이 무엇입니까? 자연의 일부입니다.

살아선 살아야 하고 죽어선 죽어야 하는 게 자연의 법칙이고, 이 법칙이 금강경의 골격입니다. 산승이 끝맺음으로 동요 하나 지어 부르겠습니다.

여시여시 달마야 놀자
머시머시 가시내여 놀자
임금이여 바들이여 우리 함께
덩더꿍 발가벗고 놀자
수행은 연애하듯 재미나게
연애는 수행하듯 간절하게
마하반야 바라밀

여느 포교사들과는 180도 격이 다른 설법이다. 법회에 동석했던 요석공주가 한방에 나가떨어진 것도 놀랄 일이 아니다. 플레이보이play

BGBI ♥ KING

boy 기질이 농후했던 원효가 치밀한 사전계획을 수립하여 벌인 작업일 수도 있다. 평상시 사사건건 라이벌이었던 의상(스님)을 케이오 패(knock down) 시킬 한판승일 수도 있다.

'도를 닦자 도를 닦자' 하지만, 대체 도란 무엇이냐.

어렵지 않다. 기차가 다니면 철도요, 버스가 다니면 고속도로요, 마음이 다니면 도라는 거다. 그런 마음 길을 배우고저 당나라 유학길 동행하다가 도중에 포기하고 돌아서 버린 원효의 해골바가지(물) 사건은 삼척동자도 아는 일화임에 재론치 않겠다.

예나 제나 종교계 정치계엔 라이벌이 혼재한다.

1960년대라면 불교계에선 대법관 출신인 효봉선사(송광사)와 영남지방 장원 선비였던 동산선사(범어사)가 있고, 기독교라면 부흥기도 개척자였던 나운몽 장로와 박태선 장로, 정계라면 박정희와 윤보선, 재계라면 이병철과 정주영이었다.

어쨌든 원효의 파격은 먹혔다.

남녀칠세 부동석의 명심보감을 남녀칠세 지남철로 바꾼 것이다. 바야흐로 연애 르네상스가 신라 땅에 꽃피고, 연애대상 1순위가 스님으로 자리 잡는다.

"스님 오빠!"
"스님 자기!"

2순위 3순위 처녀 총각들마저 사찰로 몰려 공개 데이트에 열 올리며, 절집은 일약 연애 카페로 각광받는다. 6·25전쟁 직후 우후죽순 파생

한 교회가 '연애당'이라는 누명을 뒤집어 쓴 것과 대동소이한 상황이다.

요석공주는 공격적으로 대처했다.

여자는 예쁘면 여자 역할 다하는 거고, 남자는 멋지면 남자역할 다하는 거다. 시시한 여자, 시시한 남자에겐 금강경도 식후경이다.

요석과 원효는 의기투합해 신라 땅 전 국토를 연애화 요새지로 구축하기 바빴다. 연애지 요새화는 일맥 국방 요새화다. 연애 잘하는 청춘 남여들은 전쟁도 잘한다.

동일한 시기, 티베트의 라마승 국왕이던 손첸캄포도 네팔 공주 티쭌과 결혼했음에 동남아 동북아의 사회 분위기도 대단히 우호적이었다.

"선대종친은 굽어 살피소서. 우리 선남선녀는 연애사회 건설 · 복지사회 건설을 이룰 때까지, 피는 흘리되 값싼 눈물은 결코 아니 흘리오리다."

급기야 저들은 연애 1년 만에 결혼으로 치닫고 짝짓기 두 달 만에 떡두꺼비 아들 설총을 내지르는 과속 스캔들 서슴지 않는다.

원효는 양심가인지라 당연히 비구로서의 파계를 책임지며 승복을 벗는다. 당년 29세였다.

현재 서울 장충공원에 세워진 원효의 동상이 젊은 얼굴인 건, 그의 하산 나이 스물아홉을 감안해 다듬었기 때문이다.

이후로는 평생 이웃사랑 나누기 캠페인에 앞장선다. 처갓집 재산 넉넉한 터에 무엇이 어려웠을까. 고아원과 양로원이 나날이 늘어날 수밖에 없었다.

B. 신돈은 아저씨

내 앞에서 다른 賢(신)을 섬기지 말라!

노비의 자식으로 태어난 한이 울분으로 북받쳤던가.

원효와는 철천지 대조적인 인물이 외설금강경 편집했으니, 고려 말 공민왕 대의 신돈이다. 엄밀한 의미에선 한국 불교계 최초의 아저씨 스님이다. 아저씨 스님이란 대처승을 비아냥거리는 절집 은어다.

신돈은 한국불교 사교 집단 중 원조였다. 1960년대까지 명맥이 이어 졌던 백백교나 보천교가 그것인데, 이들 종파 중 한 사람은 한국 불교 에서 방장이 되기도 했었다. 요즘으로 계산하면 북조선 간첩이 남조선 도지사쯤 되었다는 스토리다. 거두절미해 하도 잘났다 하니 그의 강설 부터 들어 보자.

천지만물 가운데 고유한 독자성을 지닌 물체는 없도다. 잠시 일
렁이는 촛불현상을 가리켜 이것은 무엇이다, 저것은 무엇이다
하고 짓까불지만 싸잡아 마음의 장난이라. 마음이란 좁게 쓰면
바늘구멍도 못 뚫고 크게 쓰면 하늘을 덮고도 남는 법.

금강경은 앞뒤 행간의 자유분방함이 도무지 막힘이 없어 섹스에 걸
면 섹스에 딱이고, 자살에 걸면 자살에 딱이다. 이 오묘한 장점을 허점
으로 악용해 신돈은 구중궁궐 뒷방마다 융단폭격 가하며 밤의 제왕자
리에 오른다.

타고난 정력가에다 물총도 어마어마하게 커서 그걸 지게에 짊어지고
다녔다는 김수로왕 이후 최고였단다. 어느 정도냐 하면, 섹스 직후 신
돈이 몸을 추스르면 포도주 병에서 병마개(cork) 딸 때 들음직한 뻥 소리
가 났더란다.

"포고령 발동이다!"

살을 섞은 궁녀들을 향해서는 엄한 밀지를 내린다.

임금님 종자와 구분키 위해 자신의 씨앗들에겐 돌잔치 때 입히는 고
까옷 저고리에 금강경 金자를 새긴 금띠를 두르라고 명한 것이다.

나도 돌잔치 날 금띠 둘렀었다. 얼떨결에 그의 문하생으로 등록된 셈
이다.

이어 포고령 2호가 발동한다.

일체 생멸법은 환술인즉,
알고 보면 간통이 간통이 아니며,

간음이 간음이 아니며…….

죄와 벌을 숫제 혼동해 버리는 고도의 심리전이다.

그럴 만했다. 금강경은 방대한 분량의 여타 경전에 비해 지극히 단조롭거니와, 신이나 윤회나 죄악과 같은 형이상학적 골칫거리에 대해서는 전혀 언급하지 않아서다. '신의 존재는 신에게 맡기고, 사후는 죽고나서 고민하라'이다.

물론 불가해한 제반 사항들에 관해 석가모니만치 박식한 전문가 달리 있을까만, 그는 일체 거론치 않았다. 인생의 본바탕은 무상이다. 무상엔 때로 침묵이 금이었기 때문이다.

조선 말 위대한 야승으로 날리다가 말년 행적이 묘연한 경허선사의 참선곡도 요지는 무상 만끽이었다. 인생무상 제행무상!

몇 토막 감상해 보자.

홀연히 생각하니 도시 몽중이로세.
천만고 영웅호걸 황천객을 면할소냐.
오호라 이내 몸이 풀 끝의 이슬이요,
바람 앞의 등불이라 부귀문장 쓸데없다.

우리네 조상 할매들이 한숨 섞어 합창했던 회심곡도 속뜻은 구구절절한 무상타령이었다.

우리 인생 늙어지면 다시 젊지 못하여라.

가엾고 불쌍쿠나, 명사십리 해당화야.
춘삼월 봄이 오면 너는 다시 피련만은,
사람인생 한번 가면 꼴까닥 끝이로다.

　문제는 인생이 허무하다는 건 삼척동자도 아는 상식인데, 왜 큰스님들까지 팔을 걷어붙이고 난리법석일까.
　이유는 간단하다. '무상하고 허무한 바탕 제대로 보아 집착하지 말자'이다. 허무할수록 악착같이 가볍게 살자는 게 불교의 진면목이다. 인생은 허무한고로 드디어 살 만하더란 거다.

　내 주변에 가련한 신돈 추종자가 있었다.
　별호가 '임장군'이다. 상머슴 출신답게 무지막지한 괴력의 소유자였음에 '명찬'이라는 버젓한 법명을 두고도 '임장군'으로 불리었다. 속가 집안이 째지게 빈궁했다. 이를테면 부친은 시골 장마당의 건달이요, 모친은 콩나물 장사치였다.
　'입 하나 줄이자'가 가족의 최대 목적이다. 결국 딸내미 하난 식모(가정부)로 떠나보내고, 4남매 중 막내아들은 초등학교 3학년을 채우기가 무섭게 절집 머슴으로 보낸다.
　그런 입신자가 한둘이었더냐.
　별의별 것들이 다 꼬여 들었다. 면단위 장마당 돌며 포르노 영화 틀던 자가 입산해 주지로 출세하던 판이다. 한 술 더 떠 가난에 지친 일가족이 사돈에 팔촌까지 때려 보태 48명 무더기 귀순(?)한 해프닝도 벌어졌다. 굶주린 난민들이 부처님 안방 차지한 꼴인데, 48명 집단 귀순자

가운데 한 명은 훗날 방장 벼슬을 땄다.

이에 따라 부작용도 속출했다.

부처님 덕택에 목구멍 포도청은 해결되었으나, '기왕지사 꽃방석 호사까지 누려 보자'였다. 한 시절 그런 무리가 절집을 장악했었다.

지금은 업그레이드 수준이다. 고졸 이상 학력에 한해 입산 자격이 부여된다. 날아가는 까마귀도 원서만 넣으면 우수 장학생으로 선발되던 구닥다리 시대와는 판이하게 다르다. 여기 소개할 임장군이 그때의 사람이다.

때는 산천초목도 이유 없이 벌벌 떨던 1980년대 초.

임장군이 서둘러 손본 게 자신의 미천한 신분세탁이다. 막대한 자금을 투자해 자신의 촌수를 임꺽정의 9대 후손이란 반열에 끌어올리고, 이 엉터리 족보를 엉터리 주간지를 통해 기사로 다듬는다.

'유명하자'가 목적이었다.

좌우지간 이렇게 동분서주하던 중 어느 날 꿈속에서 봉황을 탄 공주 아가씰 우연 상봉하면서 극적으로 인생이 뒤바뀐다.

"소납은 동지섣달 기나긴 밤마다

삼각산 겨누어 낙락장송으로 굳습니다.

구곡간장 찢어지기 하마 10년째

살아선 그예 못 오를 나무입니까?

어쩔까요, 어쩔까요.

임 없는 독수공방 어쩔까요?"

꿈꾼 지 3년 만에 악독한 스토커로 돌변한다. 결과는 '더럽게 더럽다'

였다. 결론부터 까발리자면, 혈서편지 백 통째 날아가자 정체불명의 괴신사들 들이닥쳐 임장군을 서울로 모셔 갔다.

모셔 가고 사흘 후, 임장군은 돌아왔으나 눈자위가 허옇게 풀어져 식물인간으로 탈바꿈한 뒤였고, 한 달여 시름시름 앓다가 유명을 달리했겠다.

"벽오동 심은 뜻은
 봉황을 보잤더니!"

물론 본의 아니게 타인의 꿈에 얼핏 출현한 당사자는 까맣게 모르는 에피소드다. 임장군을 데려가 표독스레 고문한 괴신사들 소속이 안기부였기 때문이다.

조금은 가슴 아픈 짝사랑이었다.

祝 짝사랑에 祝 비명횡사였다고나 할까.

C. 거꾸로 가도 서울만 가면

"수보리야, 느닷없이 골빈 누군가가 내게 거액을 기부하며 꼬리 친다면 그 작자가 날 곧이곧대로 공경함이더냐?"

"천부당만부당입니다. 여래께선 부당한 뇌물거래 경계하십니다. 돈다발 헌납과 낙하산 인사 청탁이 어찌 순수한 마음이겠습니까?"

금강경은 저절로 쓰인 자연산 저서다.

여하한 기적도, 여하한 예언도, 금강경에선 일어나지 않는다. 본래 자연의 순수한 질서로 회향하자는 게 금강경 캠페인이다.

인간들 딸치고 깝쳐 봤자 거기서 거기다. 하심하지 못하는 국회의원들 망발 일삼고, 장관들은 상식 이하의 실수 연발한다.

금강경은 만사작폐해 하심을 부추긴다.

하심에서 한 걸음 더 진일보하면 무심에 다다른다. 마음을 지우라는 게 아니라 자연섭리와 내가 한 몸으로 합치라는 당부다.

금강경 제대로 펼치면 연애하는 법, 이별하는 법, 임종하는 법, 재수 대통하는 법, 재수 더러운 법, 기타 등등 희로애락의 궁금증들 일목 요연히 지그재그 잠겼다.

결과하여 금강경은 어제 죽은 사람이 그리도 살고 싶었던 내일의 경전이다.

난 어릴 적 엄마한테 졸랐었다.

"엄마야 울 엄마야, 내년엘랑 빨간 글씨체 일요일이 많은 달력을 구해 오세요." 라고.

그러나 철들면서부터는 변했다.

일요일은 맘먹기 따라 언제나 많았고, 오늘 내가 살아 있는 날은 또 새로운 일요일이라는 걸.

오늘은 말이다. 햇볕 쨍쨍 화창한 날이다.

女來를 꼬드기기 딱 좋은 날 같다.

D. 금강경 베끼기

대한민국엔 건국 이래 무려 150여 종의 금강경 해설서가 제가끔 잘났다고 독자들의 혼을 뺀다. 그중 2008년산 〈한 나무 아래 사흘을 머물지 않는다〉에서 한 파트 도둑질한다. 소개할 부분이 특별해서가 아니라, 금강경이 이다지 쉽고 단순하다는 것을 선보이기 위해서다.

자, 막이 올랐음에 썰을 깐다.

강을 다 건넜음 뗏목일랑 짊어진 채 다니지 말고 과감히 버리라 하신 여래의 뗏목 강설은 너무나도 널리 유포되어 식상하기 때문에, 이번엔 현대판 베개 시트콤으로 갈아타겠다. 원작자는 미안하지만 현몽스님이다.

한 쌍의 신혼부부가 매일매일 난타전이다. 본질은 주도권 쟁탈이나

이면은 쩐의 전쟁이다.

"속이지 말라고."

"뭘?"

"돈."

발단은 신랑이 꼬불치는 금쪽같은 비상금이다. 새댁은 그때마다 고걸 귀신 족집게마냥 콕콕 찍어 낸다. 신랑은 신경질 팍팍 난다. 남자의 비상금은 최소한의 품위 유지비다.

들키지 않을 안전빵 어드멜까?

구두 밑창도 뽀록났고, 넥타이 안창도, 성경책 갈피 속도 털렸다. 할수록 여자는 수사기관 능가하는 능력 발휘하고, 남자는 이빨을 간다. 단 한 번 숨길 곳을 소망한다.

자존심 극도로 상한 어느 날, 신랑은 금강경에서 배운 대로 가장 가까운 곳이 가장 먼 곳이란 걸 착안한다.

오오라, 여기였구나!

내게서 가장 가까운 곳은 색시의 베갯속이로다.

당장 실행에 옮겼던바, 작전은 대성공을 거둔다. 너무 가까워 모르는 곳.

이건 언뜻 로마 신화에서 행복을 감춘 신이 있어 순례자들이 막막한 고행길을 떠나는, 한국형 전설의 고향 닮은 이야기다.

결과는 예상 밖이었다. 새댁이 어리벙병 눈뜬 봉사로 당해 버린 건 목표물이 자신과 너무 가깝게 밀착해 버린 탓에 방향감각을 잃어서다.

행복이란 게 이와 같다. 진솔한 행복은 산 넘고 물 건너 머나먼 곳에 웅크린 게 아니라, 마누라 베갯속보다 가까운 내 마음속에 자리 잡았건만, 인간들은 오매불망 바깥쪽 먼 곳만 응시하더란다.

지나치게 가까워 보지 못하는 행복.

세존께선 이 우매함을 꾸짖은 것이다. 행복은 저 멀리 산 넘고 물 건너 있다는 사고방식, 이 얼마나 무지몽매한 자해공갈인가?

"따르겠나이다, 여래여. 속속들이 보살펴 주소서."

우리가 예불문을 읊조리며 경배해 마지않는 대웅전도, 실은 오염된 공간에 지나지 않는다. 그곳에 부처님 계시는 듯하지만 계시지 않는다.

우리가 대하는 그는 짝퉁이다. 이실직고, 그곳은 우리네 중생처럼 똑같이 인생고해에 몸부림쳤던 한 사람의 모형이 전시된 골동품 진열장이다. 그곳을 메카로 정해 일신상 부귀영화 노리는 시시껄렁한 족속이 돈다발 싸안기며 소원성취를 비는 곳, 거기가 대웅전 아니던가.

부처는 그곳에 계시지 않는다. 하면서도 어디에나 계신다.

왜냐하면 그는 인색함을 업으로 삼으면서도 무한정 베풀었음에 부처였고, 파계를 일삼으면서도 곱게 청정하여 부처였고, 여인의 미색에 혹하면서도 홀리지 않아 부처였기 때문이다.

일명 화려한 재벌이면서, 일명 궁핍한 노숙자였다.

예수도 뭐 유사한 히피hippie였다.

그들은 공히 하늘의 뜻(자연법칙) 순응했음에 크나큰 대지를 유산으로 물려받으리라 예상했으나, 정작 한 평의 땅도 소유치 못했던지라 아마도 비워 버린 무심이 크나큰 대지였으리라.

그래. 영광에 이르는 오솔길은 빈 마음이고 무심이다.

여래는 한결 같아서 여래다. 여하한 형용사나 여하한 동사나 여하한 감탄사를 동원해서도 한곳에 고정시키지 못함에 여래는 빈 존재일 수밖에 없다.

제대로 보면 금강경도 알맹이가 없는 백지 노트다. 텅 빔이야말로 금강경의 참모습이자 인간의 참모습이다.

제대로 보는 것만이 지상최대의 자기혁명이다. 부디 모든 편견, 모든 상식, 모든 관념을 물리치고 텅 빈 전체를 제대로 보라.

세상이 영원하다고, 목숨이 나라고, 여래는 말하지 않는다. 미안하지만 사람은 살아서만 사람이다. 죽으면 송장이다.

예수께서도 한 제자가 장례식에 가겠다고 허락을 구하자,

"죽은 자의 일은 죽은 자에게 맡기고, 너는 나를 따르라."

하며 버럭 역정을 내지 않았던가.

정떨어지도록 냉철하면서도 진솔한 이 태도에 힘입어, 기독교는 로마의 박해를 꿋꿋이 이겨 냈다. 그리고 얼토당토않게 당시 기독교의 조직론을 교묘히 악용해 먹은 게 19세기의 공산혁명이자 작금의 부패한 정치가들이다.

일체 종교의 최종 가르침은 '마음을 비우라'이다.

아상(I am)만 지우면 사람 자체가 진리가 된다.

till we meet again!

낙서빗
함선 이야기

A. 회개합시다

    한국을 포함한 동북아의 참선은 간화선(zen)이 대세다. 동남아의 참선은 위빠사나vipassan로, 이른바 명상선(meditation)이다. 명상선은 가풍이 순하며 친화적이고, 간화선은 외골수고 공격적이다.

    그래선지 간화선에선 도인 배출에 비례해 정신병자도 속출한다.

    수행자는 화합해 빛을 키울 때 아름답다.

    고명한 물리학자였던 아인슈타인이 토로했었다. 인간을 지탱하는 미증유의 에너지는 4차원의 빛이다, 빛을 활성화한다면 우리네 인류는 육체 따위 거추장스러운 것 필요치 않을 것이라고.

    그렇다면 빛은 무엇인가?

자연의 빛은 암흑에서 솟아난다. 참선수행의 빛은 궁극적 절망에서 우러난다. 암흑과 절망은 한통속이다.

한통속 안에서 독불장군식 두 선지자가 꼴사납게 물고 뜯었던바, 소위 1980년대다. 추풍령을 휴전선으로 정해 한국 간화선을 양분했던 투톱(two top), 해인사의 성철선사와 용주사의 전강선사다.

"그쪽은 외도다!"

"저쪽은 사도다!"

일본의 국보급 사무라이였던 미야모도 무사시는 도전자가 선물한 장미꽃 한 송이를 받아들며 자신의 참패를 깨끗이 시인했음에, 불멸의 승자가 될 수 있었다. 장미꽃 대궁에 가해진 상대방 칼솜씨를 인정한 것이다.

이에 비해 한국의 투톱은 촌스러웠다. 서로를 인정하지 않았기 때문이다. 용호상박이 마치 현대판 여야싸움 같았다. 한쪽에서 구태의연과 독선을 비방하면, 다른 한쪽에선 불교안보론으로 맞받아쳤다.

외곽의 구경꾼 스님들은 당장 오늘 하루 먹고살기 팍팍해 별무관심이다. 지구상에서 자본주의가 가장 잘 발달한 특수지역이 한국 조계종이었기 때문이다.

그럴수록 두 선사 간 힘겨루기는 점입가경이다.

1번 타자 전강선사다.

"달마가 서쪽에서 오신 뜻이

무엇이냐 하면(귀신 곡하겠지만)

물고기 대갈빡의 뿔침이로다. 할!"

성철 선사라고 녹록할까.

"산은 산이요 물은 물이요가

 무엇이냐 하면(귀신 씻나락 까겠지만)

 약초밭의 울타리로다!"

민생고와는 도무지 거리가 먼 난타전이다.

달마가 서쪽에서 왔건 동쪽에서 왔건, 산이건 물이건 쌍것들이 내 척박한 인생과 무슨 상관이람. 이거 왜 이러세요. 나는 내 인생이옵니다.

부처님 아무리 뛰어난 누구였대도 일인체제로 지배되던 세월은 막을 내렸다. 목하 디지털 문화가 자리 잡은 21세기다. 부처님은 2천 년 이상 장기집권 했다. 부처마저 투표로 뽑아야 할 새 시대가 도래했다, 이거다.

하물며 한국의 선사들이랴.

한국 선사들도 평생 장기집권에 타락했다. 대통령도 5년 단임제이거늘, 선사출신 방장들은 어쩌자고 죽을 때까지 현직 유지해 괴상한 특권과 특혜를 누리는가. 하면서도 중생들에겐 명예건 재산이건 가진 것 죄다 내려놓으라고 설법하신다.

이런 면에서 투톱의 특이점이 있었다.

남방 도인으로 명망 자자한 성철선사가 사회적으로 지명도 높았다면, 북방도인 전강선사는 정통 선원에서 인지도가 우세했었다고나 할까.

바야흐로 저들의 기 싸움 타이틀 매치를 생중계하겠다.

"참새한테 미사일 쏠 수 있남, 어른이 참아야제."

"도둑놈 제가 뀐 방귀에 놀라는구나."

이로써 예고편은 마무리다. 본편 개봉박두다.

신도들 모아 놓곤 입술 부르터라 자비와 화평과 용서를 녹음기 틀듯 외우면서, 정작 자신들의 인기몰이 이전투구에선 한 치의 양보가 없다.

"들어라 남방도인아, 하찮은 유도(judo)만 해도 검은 띠 따려면 일정 자격 갖춘 사범의 지도편달 받는 게 정석이다. 그대는 체육관 문고리도 안 잡아 본 주제에 자기 혼자 검은 띠 휘감곤 입신경지(9단)에 오른 마냥 천방지축 삐기는 꼴새라니, 상갓집 똥개가 콧방귀 뀌겠다."

"빈 수레가 요란한 법, 째진 아가리라고 함부로 놀리지 말라."

"하늘이 알고 땅이 안다. 궤변 늘어놓지 말거라. 세존의 혈맥이 도도히 용트림치는 간화선에선 그딴 엉터리 승단심사 통하지 않는다. 나, 전강은 달마를 시조로 혜가 원효, 나옹, 진묵, 경허, 만공으로 이어지는 밀밀한 인가(permit)를 전수 받은 제66대 조사(도인)다. 작금 불조혜맥을 어지럽히는 남방 아무개 마구니는 뉘게 도인 면허증을 땄던가? 공연히 언론 플레이 통해 시건방 떨지 말라. 그대가 육두문자로 써먹는 것, '물은 물이요 산은 산이요'도 실은 당나랏적 백장선사가 원작자였어. 너도 나도 우려먹어 영양가 다 빠진 십전대보탕을 반백 년 장사 밑천으로 삼다니, 심히 한심천만 이로고."

이런 식으로 북쪽에서 스트레이트를 날리면,

"빈대 얄밉다고 초가삼간 태우랴."

남쪽에선 어퍼컷 응수다.

쌍방 간 되로 주고 말로 받으며, 전투는 지루하게 장기전으로 돌입한다.

"봐라, 북방 도인아. 볼썽사나운 생트집으로 각자 제 얼굴에 침 뱉지 말자. 한반도 주먹계 통합 왕초였던 시라소니가 언제 체육관에 입문했었더냐? 그는 길거리 잡초로 어슬렁거리며 실전을 쌓았지, 어떤 정규 사범님 허락받고 왕초 명함을 돌린 것 아니다. 부처라고 예외더냐?"

"이 마당에 부처까지 끌어들여?"

"끌어들인다. 참선역사 바로 세우기다."

"가당치 않다."

"가당치 않은 건 그대다. 석가모니가 언제 무슨 시험 쳐서 누구로부터 부처 등극을 허락 받았더냐? 북방도인은 괜시리 제 발 저려 자신의 살림살이가 긴가민가 미심쩍으니, 만공선사 등등 고수들 수소문해 아양 떨며 한 표 달라고 칭얼대는 기라. 측은하도다. 그대가 십팔번으로 써먹는 물고기 대갈빡의 뽈침도 실은 당나랏적 동산선사가 오리지널이고, 그대는 시어터진 표절인 기라."

믿고 따라야 할 지도자적 어르신이 멱살잡이 삿대질인지라, 청운의 뜻을 품은 초심자들은 갈팡질팡 북으로 남으로 우르르 떼 지어 다니다가 배우는 건 교묘한 술수와 암수다.

절집에서 큰소리 에헴 치려면 선방 수료는 필수 코스다.

허나 난 싸그리 신경 쓰지 않았다. 中 대장 하려고, 닭 벼슬만도 못한 주지벼슬 따려고, 또는 더럽게 부처님 돈 우려내려고 입산하지 않았다. 인생이 무상해 부처님 댁으로 피신했을 뿐이다.

그렇다고 나 같은 삼류 땡초가 언감생심 하늘같은 도인스님들 비하하고자 이 글을 쓰는 것 아니다.

저들은 분명 당대의 전설이다. 고로, 전강이 옳았다면 성철은 맞았고, 성철이 틀렸다면 전강도 글렀다는 것뿐이다.

시시비비 따질 계제가 아니다. 'chicken'이라는 동일 단어를 두고 영국에선 '치킨'이라 발음하고, 미국에선 '치큰'이라 발음하는 것과 동일한 맥락이다.

큰스님들도 제3의 큰스님을 우방군으로 둔다. 전강선사는 백장선사를 맹방으로 맞이했고, 성철선사는 운문선사를 혈맹으로 선호했다. 지하세계 주름잡는 신(god)들 역시 또 다른 신들과의 자매결연에선 뒤처지지 않았다. 몽달귀신은 물귀신과 각별하고, 무당귀신은 스님네를 귀신짱으로 치부해 복종하며 상부상조하더란다. 당연지사다.

스님들은 귀신 나부랭이를 귀엽게 봐준다. 드라큘라 급의 서양귀신은 귀신천국인 동양에서, 특히 한국 비구승 면전에선 맥을 추지 못한다.

나의 동반자는 술귀신이다.

일반인들은 참선 수행으로 도를 통할진대 ,핵폭발 버금갈 섬광이 번쩍이리라 공상하기 예사다. 그야말로 개수작 공상이다. 나도 가끔은 나 자신을 깨달은 소수자 중 하나라 착각한다.

하지만 예쁜 소녀들 만나 한층 살갑게 놀고, 예쁜 술 만나 한층 어렴프시 취하는 게, 그냥저냥 깨달음의 한바탕이더란다. 깨달아 봤자, 시시했다. 선지식(큰스님)들 개별면담 해볼 밖이다.

길을 떠났다. 큰스님 찾아 3만 리 여행길이다.

1차 전강선사 알현이다.

인천광역시 주안동 소재의 용화선원(교구본사 용주사 포함) 방장으로 선객들 입방아에선 홈런타자로 통하는 선사님이시다.

"졸납은 법명이 현몽이라 칭하는바."

"용건은?"

"선사님의 오도송(깨달음의 노래) 직접 듣고자와 염치 불문코 배알했사옵니다. 흔쾌히 응하신다면 무쌍의 영광으로 길이 보존하겠습니다."

"그랴? 기개가 가상쿠마. 한 소절 뽑을 텡께 들오 보소 잉."

가파른 남도 사투리다. 얼쑤!

> 깊은 밤 달빛은 누각에 꽉 찼고
> 무심한 시냇물은 돌다릴 지나는구나.

"워뗘?"

"초딩 6학년짜리 글짓기 수준입니다."

"뭐가 워쪄?"

"워쪄가 저쪕니다."

아무리 가슴 열고 음미해도, 핵심이 없고 감동이 없다. 뭉클한 새김질이 비수로 상대방에게 꽂혀서야 깨달음은 이름값을 하는 것 아니던가.

시냇물이 돌다리 지나 흐르는 건 당연지사다. 당연한 독백을 승화시키려는 건 외로움에 찌든 푸념에 지나지 않는다.

이 정도로는 오늘날 무한경쟁에 내몰려 피곤한 현대인들이 추구하는 불교와는 낯설다. 사람들이 원하는 건 절절함이다.

"선사께선 도를 통하려면 좌우당간 판치생모 화두(key word)를 품어야 올바르다 하십니다."

"그러지라. 자나 깨나 판치생모여."

"판치생모가 중생구제의 지름길입니까?"

"암은, 판치생모가 만병통치여."

"어이없습니다."

"그대의 화두는 무엇이간디?"

"개뿔입니다."

"좋았뿌러. 개주둥이 한 번 털면 날마다 좋은 날잉께 들어 보소."

　　　백 척 절벽 오르는 물고기는

　　　용이 되련만, 그대는

　　　심히 어리석고 어리석어

　　　밤새 못물만 푸는구나.

해봤자 당나랏적 유행했던 철지난 창가다.

어쩌면 옛날의 고향역이 그리워 추억에서 깨어나지 못하는 건 아닐까.

대화는 세대 간의 벽을 못 넘어 헝클어진다. 약간은 내가 회의적으로 썼으나 진솔한 면에선, 전강선사는 탁월했고 현몽이 땡초는 비천했다.

"Open sesame!"

참깨가 천 바퀴 구른들 호박 한 바퀴 따라잡지 못한다. 전강선사는 판치생모 호박이고, 난 참깨 개뿔이다. 선사께선 여섯 살에 입산해 판치생모 화두 받으셨단다. 천재이셨다.

내가 여섯 살이면 왕조가비 화두에 혹했을 나이다. 그때 만약 달마가 신통력 발휘해 내게 판치생모 화두를 심었다면, 난 즉시 치과로 달려갔을 것이다.

"치과 선생님, 널빤지 이빨에 털이 숭숭 난다면 어떻게 치료해야 합니까?"

판치생모란 한문 뜻 그대로, 송판 이빨에 털이 돋았다는 뜻이다.

송판에 이빨이 달렸다는 것도 기이하다. 일설엔 달마대사 이빨이 통니로 된 기형이었다고도 전한다. 수긍이 가는 바다. 눈알이 왕방울로 툭 튀어나온 데다, 사각으로 모자라 육각으로 이지러진 양악하며, 왕방울 콧잔등에 악어 입술은 영락없는 외계인(E.T)이다.

"치과 선생님, 전 그 할아버지 싫어요."

선원에서 행하신 선사의 설법 몇 줄 소개하겠다.

"다만 판치생모 하나만 붙잡되 왼쪽도, 오른쪽도, 옳지 않다. 유다무다 분별치 말고, 눈썹 치뜨는 곳에서도 뿌리내리지 말며, 깨달음의 시기를 기다리지도 말라. 마음이 오갈 곳 없어 갑자기 허공에 갇힌 것 아닐까 두려워하지도 말라. 그때가 오히려 무엇인가 가까워진 경계이니라."

2차 알현은 너무나도 유명한 해인사의 성철선사다. 도전장 디밀고 거두절미 일합을 겨룬다.

"길 잃은 양에게 한 소식 일러 주소서. 부처가 누구였소?"

"텅 비어 부처라 할 것이 없네."

"그럼 내 앞의 인간은 누구요?"

"모르겠네, 으하하하."

"농담 따먹깁니까?"

땅거미 스산한 황혼녘이다.

선사는 가야산 줄기마다 켜켜이 쌓이는 연분홍 노을 배경하여 인쇄체 대문자로 육중하셨고, 난 빈약한 필기체 소문자로 나풀거렸다.

"방금 전 터뜨린 파안대소는 연꽃 한 송이였습니까?"

새삼 "염화미소"를 빗댐인데, 염화미소란 세존이 어느 날 연꽃 한 송이 들어 설법을 때우려 하심에 제자 중 한사람이던 마하가섭이 "오늘 꽤나 피곤하시군요." 하며 비웃어 버린 하극상이다.

이걸 두고 학자들은 불교계 3대 미스터리 중 하나라며 오두방정을 떤다. 이때 성철선사가 급소를 찌른다.

"그댄 연꽃 한 송이 보았던가?"

"무."

"눈뜬장님이라면, 이만 돌아가게나. 하늘을 움켜쥐어도 좁쌀만 하거늘, 그대는 연꽃을 던져 주어도 거두지 못하는 먹통이로다."

공격력은 역시 불교계 최강의 두목다웠다. 아쉬운 건 무언가 짜릿한 칼자국 흔적을 상대방에게 남기지 않더란 거다.

"살림살이 겨우 그 정도라면 中노릇 하나마날세. 아까운 시줏밥 축내지 말고 하산하게나."

이랬다면 얼마나 좋았을까.

역시 선원에서 설하신 선사의 법문 몇 줄 소개하겠다.

"대중 가운데, 성철은 너 성철이고 나는 나다. 긴소리 짧은 소리 무슨 넋두리가 그리 많으냐고 달려드는 진정한 수좌가 있다면, 나는 그를 사자좌에 모실 것이다. 대장부로서 어찌 남의 밥을 구걸하느냐. 부디 내 밥 내가 먹고 당당하게 공부하라. 갑·을·병·정·무로다. 할!"

3차 성지순례 설봉선사다.

금정산 범어사 내원암에서다. 산천초목이 알아서 머리 조아릴 만큼 경건한 황야의 총잡이였다.

"그대 이름이 현몽이라고?"

"그렇습니다."

"호랑이굴에 들어온 사유는?"

"호랑이 족치려고요."

"호랑이 어디 있나?"

"지금 스님께서 드시는 술잔 속에."

"어흥!"

"깍깍!"

"호랑이는 대나무 숲에 파묻혀 제 그림자도 보지 못하는도다."

"그림자 저쪽 누구십니까?"

"무인."

"무인이라면 없는 사람입니다. 이만 물러가겠습니다."

"술값은 하고 가야제."

배고프면 밥 먹고

목마르면 물마시고

졸리면 자고

꼴리면 붙는 것

"이것이 저의 술값입니다."

"술값 한번 싸구나."

PJH 1998 King 한용

"더 드릴까요?"

"됐다. 나는 술잔 속에서 취할 테니 그대는 술잔 밖에서 취하거라."

"안에서 보면 밖이요, 밖에서 보면 안입니다"

"酒(주)여, 어디로 가시나이까?"

"술 한 방울, 피 한 방울입니다."

잊지 못할 선사. 군번 없는 용사였다.

지금은 아무도 기억 못할 잡초지만, 그는 정녕 고색창연한 천 년 석탑이었다. 능히 방장에 오를 품격을 갖추었으나, 평생 초라한 객승으로 만족하셨던 분이다.

절집에서 방장이란 상왕의 신분이다. 자신의 영역에선 무소불위의 권력을 휘두른다. 여하한 도전도 허용치 않는다. 도가 높다고 오르는 자리가 아니다. 방장 자리는 오로지 조직력 틀어쥔 자다. 북조선의 김 씨 일가가 은근히 배운 것도 조계종단의 방장 제도였을 것이다.

천하호걸 경허선사도 도력은 타의 추종을 불허했으되 조직기반 전무하여 절집에서 밀린 것이다.

돈과 조직이 도를 앞서는 게 자본주의 불교다.

4차는 도봉산 망월사의 춘성선사다.

일제 강점기 독립선언문 발기인 33인에 예비후보로 올랐으나 본인이 고사해 누락된 인물이다. 그때 미처 불사루지 못했던 기개가 훗날 독보적 욕쟁이 대왕으로 자리 잡았다. '씨발 씨발'이 아침인사고 '니기미 니기미'가 저녁인사였다.

점잖게 접근해 조심스레 묻는다.

"선사께선 전국구 욕쟁이로 평판이 자자하십니다."

"기차화통 니노지."

"네에?"

"가을ㅈ은 벽을 뚫고 봄보×는 새끼줄 열 발을 꼬느니!"

"욕통 하셨군요."

"꼴리면, 까고 담배 댓진이나 바르거라."

나도 욱한 감정 다스리지 못한다.

"소승 ㅈ은 백 근 무게라 댓진 바르기도 어렵습니다."

"썩을 놈이 거짓말쟁이한테 거짓말 치는구나. 하면 니노지가 너무 커 바구니에 이고 다니는 큰 년 소개해 주랴?"

"찬성입니다."

"화살 쏜 놈은 놓치고 화살만 탓하는구나."

"눙치지 마시고, 큰 년 데려 오소서."

"이구는 씨팔,

  삼팔은 따라지,

  육구는 식스나인(six nine)."

5차 시험무대는 덕숭산 수덕사다.

상대는 당연히 덕숭산의 황금사자 원담선사다. 즉설주왈로 승패를 갈라야겠다.

"여하시 깨달음?"

"토끼뿔."

"여하시(what) 토끼뿔?"

"되받아 거북이 털."

오메, 환장하겠구마.

나도 아는 소식이다. 토끼에겐 애당초 뿔이 없고, 거북이에겐 털이 없다는 그런 이야기가 아닌가.

맞다. 인생엔 아무것도 없다. 없는 데서 불씨 지피려고 우린 참선 한다.

"더 쥐어짜 보소서."

"허튼소리 치우라, 잔이 비었다."

이거야말로 마음에 쏙 드는 법문이다. 비웠으면 채워야 한다. 수 덕사는 내게서 차라리 술덕사로 불리울 만치 술이 무르익는 무릉도 원이다.

"몽수좌야, 철두철미 취하려면?"

"깨기 전에 연속으로 마셔야죠."

"유부녀가 과부 안 되려면?"

"남편 앞질러 급사해야겠지요."

"그러려면?"

"열심히 놀아야죠."

"허허, 반은 맞았으되

　그대는 너무 일찍 길을 나서

　끝내 돌아가지 못하고

　왔던 길마저 잃었구나."

얼렁뚱땅 이런 식의 대화 오가는 통에 난 무언가 스스로 한심해 차라 리 주예수 믿고 그분께 내 고민을 상담하는 게 편하겠단 생각도 든다.

냉철히 곱씹으면 선문답이란게 일종의 난센스 퀴즈다. 오늘날 10대 귀요미들의 선문답이 오히려 생동적이지 않을까 싶다.

"남자야, 나 여자는 팬티 색깔에 부합한 컬러color 구두 신는 게 취미란다. 빨간 팬티 입는 날엔 빨간 구두, 노란 팬티 날엔 노란 구두다. 내일은 노팬티 날이다. 내일 내가 무슨 구두 신게?"
"살색 구두."
"땡."
"그럼?"
"털 구두."
"딩동댕!"

B. 심판의 날

우연찮게 꿩 사육장을 방문했다.

꿩 가족 수백 세대 중 일부가 새파란 플라스틱 색안경을 끼고 옹기종기 우글거린다. 재미난 동물농장이다.

사연인즉슨 서글펐다. 처음 갇힌 1세대는 달 밝은 밤마다 야생이 그리워 푸득푸득 날갯짓 치다가 십중팔구 철사줄 울타리에 목이 끼어 죽는 바람에 달빛을 못 보도록 선글라스를 끼웠단다. 2세대로 접어들면 저절로 맥이 빠져 어리바리하고, 3세대에 다다라야 영국신사처럼 의젓하다지만, 그땐 이미 야성 고유의 화려한 색깔을 잃어 인스턴트 꿩으로 전락하더란다.

환장할 다큐멘터리documentary가 어찌 사육장 꿩들만의 애환일까.

오늘날의 中들 또한 사육장의 꿩이다. 자연산은 지리멸렬했다.

> 피할 수 있는 걸
> 피하지 않으면
> 운명이 된다.

고려 말 비운의 왕사였던 나옹스님의 한탄이다.

대다수 中들은 참선을 장수무병 영약으로 간주해 돌장승처럼 요지부동하면 성불하리라 믿는다. 대다수 사회인들은 부화뇌동하여 그런 스님일수록 도를 통한다고 믿어 의심치 않는다.

참선은 흔히 신비롭고 이해하기 난감한 공부라고 지레짐작하는 사람들이 많다. 번잡한 세속을 등지고 심산에서 적막을 벗 삼아야 옳은 선승이라 치부하는 사람도 많다.

허나 이는 그릇된 판단이다. 도리어 참선은 평범한 일상적 상식으로 죽음을 향해 한발씩 다가가는 적나라한 현실을 있는 그대로 가르치는 기술이다.

참선은 자연 속의 초자연이다.

무슬림 참선가인 수피sufi들은 깨달음을 색달리 표현하는 듯싶지만 밀밀한 내막은 한국 선승들과 별반 차이나지 않는다. 이 세상 큰 것은 큰 것끼리 두루 통하는가 보다. 어디 한번 들어보자.

땅위의 좋은 것들 포기하고

하늘의 좋은 것들 포기하고

그대의 포기도 포기하여라.

오, 알라신이시여

나는 당신만을 찾다가 나를 잃고

나만을 찾다가 당신을 잃습니다.

나는 이제 이 세상에도

저 세상에도 거하지 않으니,

장소 없음이 내 장소입니다.

야 카알(오, 완전한 분이시여)

야 무브디(오, 근원을 지은 분이시여)

야 할리끄(오, 창조주시여)

야 바미(오, 비교되지 않는 분이시여)!

피차 개차반이다.

한국 대찰에선 왕왕 무문관이란 묻지마 선방(zen center) 운영해 뭇 신도들을 현혹한다. 한 번 입방하면 석 달간 출입이 봉쇄된다. 형무소의 독방 시스템이다. 삼시세끼 식사는 가로세로 30센티미터의 배식구를 통한다. 왈 보리수 아래서의 석가모니 흉내 내기.

그런다고 도를 통할까?

아나 쑥떡이다. 혼자만 잘난 척, 혼자만 고고한 척, 혼자만 부처와 특별관계 유지하는 척 기고만장하는 그딴 부류들 정말 밥맛 떨어진다.

2012년 겨울 무문관 수감자(?)를 어렵사리 면회한 적이 있다. 강원도

모 선원에서다. 나랑은 만만한 도반관계다.

"게서 뭘 하느냐?"

"부처님 연습."

"부처님은 전설이다. 박차고 나오거라."

"나가면 뭘 해?"

"거기 억지로 있음 뭘 해?"

"수행 이력서에 유리하잖아."

토익(Toeic)점수 획득해 대기업 입사시험에 조금이라도 유리하겠다는 사회인과 똑같은 심정이다. 언제부터 부처님 수행이 이리 메스꺼운 채점 방식으로 돌아갔는가.

무문관에 처박혀 전전긍긍인 이놈은 'made in zen'이 찍어 낸 야릇한 규격품이다. 그리 인기상품도 아니다.

"인권 변호사 협회에 연락해 너를 여기서 빼주랴? 이런 특이 행각으로 도를 통한다면, 형무소 독방 죄수들도 우시두시 도통해 머잖아 도인들만 따로 정리할 교통경찰 필요하겠다. 그만 튀쳐나와서 나랑 도다리회나 먹으러 가자."

"큰소리 쳐봤자 현몽이 넌 한국 조계종 대표 미친놈이잖아?"

"옳아, 미안해."

대화가 성숙될 리 만무다.

참선이란 일반적 사색과 달리 두뇌의 복잡다다한 마디마디를 잘라 사색조차 접어 버리는 제3의 정신지대다. 별것 아니다. 올림픽 양궁선수도 그 정도 집중은 해낸다. 구세대 스님들은 간화선 추종하고 신세대 스님들은 위빠사나vipassan를 선호한다.

위빠사나가 금강경에 가깝다.

세계적 물리학자인 스티븐 호킹도 금강경을 반추해 우주의 비밀을 본다는데, 정작 한국 中들은 천리 바깥도 깜깜한 당달봉사다. 한국 스님들께 아뢰건대, 허황한 부처 꿈 그만 꾸는 게 신상에 이롭겠다.

들어라, 내 말 들어라.

시골동네 실개천의 잉어가 제아무리 커봤자 망망대해에 나가면 시시한 잔챙이다. 같은 이치다. 지구상 수파스타로 뼈기는 석가모니 무한한 우주 시장에선 그냥저냥 동정어린 보통 남정네에 지나지 않는다. 그리스도라 예외일까.

태양계 벗어난 광활한 은하계에서야 누가 그들을 특별 대접해 대웅전을 짓고 십자가동상을 세우겠는가.

이럴 땐 통나무 철학자 디오게네스가 되레 부럽다. 또는 이름 모를 시골의 농부나 어느 섬마을의 어부가 부럽다.

내 만약 입산 나이였던 열아홉 살로 회귀할 기적이 일어난다면, 난 기필코 농부나 어부가 되어 가장 평범한 범부로 살고 싶다. 예수나 석가나 그딴 이상한 사람들 모르며 살고 싶다.

c. 코미디언이 따로 있나

하늘은 스스로
게으른 자를 돕는다.

　게으른 게 상책이다. 누가 뭐라던 무계획이 상팔자고, 무자식이 상
팔자고, 무노동이 상팔자다. 백팔십도 전환하여 술 마실 땐 가열하게,
연애할 땐 황당하게, 허무할 땐 살기등등하게 임한다.

　그 외엔 한껏 나태하자는 게 나의 좌우명이다. 왜냐하면 인생은 빌어
먹게 짧지만 낭비할 시간은 아직 많아서다.

　인생을 낭비하고 싶다. 낭비하려면 최소한의 생활비가 필수다. 난
아직 中이니까 목탁을 쥐어짠다. 두들겨 패기에 따라선 요술방망이다.

금 나와라 쌀 나와라 뚝딱, 심하면 미스코리아도 홀랑 벗고 나온다.

그렇다고 사계절 '노세 노세'는 아니다.

내가 똬리 튼 곳은 명색이 선원이다. 게다가 오늘로써 용맹정진 사흘째다. 7일간 사부대중(온 식구)이 뜬눈으로 밀어붙이는 고난의 행군이고, 내 식대로 말하면 사부대중 모조리 큰 죄(?)짓는 죄짓기 기간이다.

죽어라고 참선하고 참선한다. 판치생모에 명을 건다.

달마대사는 왜 서쪽에서 왔으며
이빨엔 왜 털이 났던고?

말도 안 되는 참선이다 보니, 나흘째로 기울자 부작용이 속출한다. 선두주자는 진성스님이다.

"부처는 원숭이 똥구멍!"

무언가 의미심장한 정견발표 내쏘며 폭삭 꼬시라진다. 선지피 콸콸 내뿜으면서다.

"정신 차리슈!"

속가 나이로는 내게 여섯 살 연상이다. 뒤집어 입산 군번은 여섯 살 후배다. 절집에선 밥그릇 수가 팽팽한 질서다.

"고맙구랴, 현몽스님."

큰 대★자로 널브러진 꼴이 꼭 오징어다.

"자초지종을 밝히시라요."

"폐결핵 3기여라."

더는 물어보나 마나다. 극빈자가 입산한 경우다.

"나의 모친은 장님이요, 부친은 곰배팔이 주정뱅이였소. 찢어지게 궁핍한 집안사정상 뾰족한 수 막막할 수밖에요. 기왕 버린 목숨, 지푸라기라도 잡을 심사로 부처님 댁 투항했으나 차제에 회향 하겠어라. 막상 부대껴 본즉 절집만치 냉혹한 집안도 없더라고요. 中들이 얼마나 돈을 밝히는지 꿈에도 몰랐어라."

"中이 고기 맛을 보면, 빈대가 씨 마른댔소."

"정나미 떨어져라."

당시 절집은 그랬다.

누가 누굴 탓할 계제 아니다. 탈북자들 남한으로 모이듯 너도나도 못 살아 절집으로 모였다. 中들 숫자도 모자라는 터에 의미심장한 입사시험 생략이다. 허수아비도, 꼭두각시도, 조조할인으로 환영이다. 인해전술로 밀어붙이던 암흑기다.

심드렁한 그의 넋두리는 계속된다.

"사회나 부처님 댁이나 돈 없고 빽 없음 말짱 삼칠망통인 기라. 봉사도 잘 나갈 때 한 움큼 챙겨 두시라요. 백년천년 전성기 아니고 부지하세월 청춘이 아니랑께요."

"암튼 잘 가소."

10년 후 그렇게 헤어졌던 그를 재회한 게 태화산(대찰 마곡사가 자리한)에서다. 화전민이 팽개친 빈집에 빌붙어 땅꾼(뱀잡이)으로 연명했단다. 스님 신분에서 땅꾼이라니 본받을 만한 진화다.

난 어떤 이유로든 뱀탕을 잘 먹는다. 하면서도 개고기 처먹는 것들을 증오해 마지않는다.

"이빨 사려 물고 배암을 족쳤어라. 생포하는 족족 튀겨 먹고 끓여 먹고 여분일랑 건강원에 내다 팔고."

"건강은?"

"배암님 덕에 말짱해졌어라."

참 서러운 추억의 스님이다.

비슷한 후계자는 속속 줄을 선다.

스카이 스님이다. 이 스님이 유식한 척 거들먹거리고 싶어, 내게 배운 스카이sky란 영단어를 하루에도 수십 번씩 써먹는지라 이 차 저 차 스카이 스님으로 출세가도를 달린 거다. 신도나 사회인이나 누구건 만날라치면 날리는 멘트가 스카이다.

오늘은 스카이가 우중충하구먼. 스카이를 봐야 별을 따지. 스카이가 내치면 뒤로 자빠져도 ㅈ 부러지는 겨.

그러던 그가 독 오른 올빼미 눈깔로 버티더니, 이윽고 폭발해 자신의 왼손바닥 손가락 두개를 싹둑 잘랐다. 닷새째다. 잘린 피범벅 손가락을 공양물(?)로 바치곤, 대웅전 부처님과 얼싸안곤 불탁에서 내려오길 거부한다.

"난 부처님과 3천 년 전 피를 섞은 스카이 맹방이다. 차후 나의 식사는 대웅전으로 차려 오렸다. 육고기도 푸짐하게 버무려라. 부처님 영양실조에 고혈압이다."

계승자는 줄포스님이다.

"히히히. 깨달았도다. 인간들 콧구멍이 밑으로 뚫렸기 망정이지 위로 파였다면 비 오는 날마다 인간은 질식사 할 것 아니더냐. 콧구멍을 하단으로 굴착해 주신 부처님께 사의를 표하노라!"

엎치락뒤치락 미치고 딸치는 졸승들 발호하건만, 이를 수습해 마땅할 윗선에선 이 정도론 자신의 최고 존엄이 손상되지 않는지라 뒷짐 지고 수수방관한다.

끼리끼리 자아가 성숙되지 않은 미숙아들이다.

고로 윗선이나 아랫선이나 이들이 부처 된다는 건 마치 꿀돼지가 공중부양 하겠다고 날뛰는 허튼 욕망에 지나지 않았다.

모두 미쳤을 때 대미를 장식하는 자는 으레 현몽이었다. '미친놈 위에 미친놈 있다'였다.

내가 대형 벽거울에 담긴 내 모습을 보고 순간 헤까닥 돌았다. 더럽게 못생긴 놈 하나 거울 속에 박혔는데, 그게 바로 나였던 거다.

새우깡보다 못생겼다. 눈자위는 술에 절어 움푹 꺼졌고, 이마빡엔 주름살 깊게 파였다. 이런 놈이 中이라니, 차라리 접시 물에 칵 빠져 뒈져라! 더구나 못생긴 만치 피를 뚝뚝 흘리는 야생마여야지, 지금처럼 사육 당하는 건 죽자고 싫다였다.

가시내들 알몸 위에서 진작 무아를 깨달았다면 멀리 떠나 돌아오지 말아야 하거늘, 나는 어쩌자고 되돌아와 있느냐 말이다.

난 거창한 성불 같은 것을 염원하지 않는다. 성불은 내게 집착의 대상일 ,뿐 그 어떤 의미도 지니지 못한다.

이때 서역의 부처가 은근슬쩍 내게 속삭인다.

어서 일직선으로 끊고 끊어 부처님 당신을 먹어달란다. 흥, 먹으라면 누가 못 먹을 줄 알고?

나간다. 먹어야겠다. 부처를 먹어야겠다.

"존경하는 스님 여러분, 꼽사리 끼어 참나무 여러분, 저는 지금부터

우주를 일직선으로 끊어 직진하겠습니다."

쨍하고 해 뜰 날, 내가 간다네
쩍 하고 뒈질 날, 내가 간다네

하지만 웬 걸.

황급히 끊어 치다 보니, 직진을 가로막는 방해꾼 즉시 등장했다. 지장보살이다. 창졸지간에 명부전으로 진입한 거다.

"어이쿠, 죄송 천만."

지장보살은 지옥문을 지키는 저승사자다. 도끼눈 부릅뜨고 나를 제압하려 들지만, 나도 산전수전 다 겪은 고수다. 지장보살 높다 하되 하늘 아래 뫼이로다.

"나랑 한판 뜨기 원하슈?"

꼴 보기 싫었다.

지가 뭐 잘났다고 항시 나를 호령하더냐. 오늘밤은 당신이 내게 작살난다. 치고받고 업어치기 했다. 쿠당탕 와르르! 그럼 그렇지. 오랜 세월 운동 부족과 당뇨에 시달리던 지장보살이 맥없이 마룻바닥으로 자빠져 꼴까닥 전사하신다.

이때였다. 아니나 다를까,

"현몽이 미친놈이 보물불상 깨박냈다!"

"잡아서 족치자!"

구웅구웅 비상 범종이 전시상태를 알린다.

장난 아니다. 쇠갈고리나 낫으로 중무장한 승병 특공대가 와자지껄

엄습해 나를 꽁꽁 결박해 버린다. 3백 년 전 터래기 사건 때처럼 난 산 중회의에서 똑같은 인민재판 받는다.

"구속시키자."

"정신병원 가두자."

"조령모개다."

푸훗, 조령모개라니 무식한 것들.

이것들 웃기는 건 3백 년 전이나 지금이나 비슷하다. 결국 이 사건으로 인해 나는 한 많은 북망산 하직하고, 이합집산에 새 둥지를 튼다.

거참 환장하겠다. 북망산 떠나면서도 못내 한으로 남는 건 석가모니가 왜 여자가 아닌 남자였느냐 하는 불만이다. 만일 그가 여자였다면, 난 굉장히 차분하게 모범적으로 中노릇 잘했지 싶다.

모름지기 22세기를 기다린다. 그때엔 민주주의보다 더한 무정부주의가 태동해 부처를 선거로 뽑을 수 있을지도 모른다는 기대감 때문이다. 나도 출마하련다. 정정당당히 새 정치 표방해 땡초당 대표주자로 나설 것이다.

(※)여기서 후일담을 보태자면, 내게 무작위로 구타당해 중상 입었던 지장보살님은 이내 문화재 전문위원들께 수술 받았고, 머잖아 완쾌되어 일반인들은 그가 수모 당한 것을 모르더란다. 단, 지장보살님은 그날의 분을 삭이지 못해 나의 옛날 애인 릴리가 방문했을 때, 한마디 털어 놓더란다.

"Nobody knows the trouble I have seen!"

이라고.

D. 스님들은 못 말려

음력 칠 월 보름날은 백중날이다.

농경기 땐 여름 내내 농사일에 등골 빠진 머슴들 배불리 먹여 위로하는 노동절이었다. 이날 절집에선 하안거 수료식을 행한다.

석 달간 삼복더위에 부대끼며 마음농사 짓느라 고생했다.

고삐 풀어 줄 테니 팔도강산 유람하며 맘껏 회포를 풀라는 취지다. 겨울참선 석 달은 동안거라 칭하고, 해제일(방학식)은 정월 대보름날에 맞춘다.

선원마다 형편에 따라 해제비(여행비 명목)를 지급한다. 사찰마다 재정이 들쭉날쭉이다. 여기서 예로 드는 건 2010년 기준해 부자절을 기준으로 3백만 원이었다는 점이다. 석 달간 잘 먹고 명상수행 잘하고 3백만 원!

이건 미국이나 일본을 앞선 알짜배기 근무조건이자, 지구상 최고급 벤처기업이라 할만하다. 석 달 노동(참선)하고 석 달 제멋대로의 유급휴가다.

오늘이 대망의 여름방학 첫날이다. ⊞들은 들떴다. 부산의 달동네로 내뺄까, 대구의 자갈마당으로 달라 뺄까?

난 아직 행선지 미상으로 괘나리 봇짐 만지작거릴 때다. 산중대표 어른이신 풍광도사께서 대학교수들 인솔해 등반길 나섰다가, 우리 절 살모사에 들르셨다. 모름지기 이합집산의 상감마마 행차시다.

동행한 교수들은 여름방학 틈타 아래절인 아뿔사에서 개설한 "천수경 캠프"에 참가한 수강생들이다. 차제에 천수경 첫 구절 발췌해 보겠다.

정법계진언 옴남 옴남 옴남
(세상을 깨끗이 정화하리라)
호신진언 옴치림 옴치림 옴치림
(몸을 깨끗이 보호 하리라)

(※)진언은 힌두교의 주술(mantra)이다. 한국 불교계에선 여직 힌두교와 불교의 차이점을 이해하지 못한다.

"일동 차렷!"

살모사 대중스님 전원이 기립한 가운데 풍광도사님 모셔 들여 오체투지의 예를 표한다. 풍광도사는 연신 "어험"으로 거드름 피우며 하나

마나한 덕담 두어 줄 푼다.

"수좌님들께선 푹푹 찌는 삼복더위와 맞서 수행정진에 노고가 컸소이다. 이합집산엔 양대 사찰이 존립합니다. 그중 아뿔사는 교를 공부하는 강원이고, 살모사는 선을 공부하는 선원입니다. 선이란 부처님 마음이요, 교는 부처님 말씀입니다. 마음과 말은 둘이 아닌 하나이고, 진정한 하나일 때 우리는 청정법신입니다. 쉬운 일일까요?"

"쉽습니다."

"쉽다니?"

"제가 청정법신 표본입니다. 선사께선 결혼경력 있사오나 소납은 총각 비구승입니다."

의외의 도전자 출현이다. 해젯날마다 이 산 저 산에서 심심찮게 일어나는 연례행사다.

"뭣이라?"

도사님 안색이 일순간 먹구름에 잠긴다.

시쳇말로 개미한테 사타구니 물려 버린 꼴이다. 집요한 총잡이는 선원에서 잔뼈가 굵은 종봉스님이다.

"선교일체가 수행청정의 백미라면, 도사님께서 차고 계신 천오백만 원짜리 다이아몬드 시계는 선입니까, 교입니까? 부처님 10계율엔 수행자가 금붙이 따위 사치품 지니는 걸 금했습니다. 형금 서울 여의도의 26평형 아파트 시세가 8백만 원입니다. 도사님께선 서울의 고급 아파트 두 채를 손목에 휘감았다 이겁니다. 하고도 방장입니까?"

"도둑이야, 도둑이야!"

산전수전 다 겪은 능구렁이 도사답게 별안간 옛 조사님들 선문답 도용해 위기를 탈출하겠다는 배짱이다. 어쩜 배 째라는 노가다 판 전술이다.

"도둑이 제 발 저리군요."

종봉스님이라 호락호락할 손가.

"나로 말하면, 세존과 직거래 튼 도매상 큰손이라. 만사 두두물물 공하거늘, 어디서 금 따로 사람 따로 놀던가?"

이 한마디가 또 불난 데 기름 붓는다.

큰스님일수록 가장 빼어난 소질이 자기합리화였다. 쥐뿔도 없으면서 악을 품으며 지기만 옳다는 식의 오만불손.

"큰스님께선 들으소서.

　금부처는 잘나 봤자 불을 지나지 못하고

　흙부처는 잘나 봤자 물을 건너지 못합니다.

　다이아몬드는 어드멜 통과합니까?"

"할!"

다급하자 할이란 게 터졌다. 할이란 동서남북 꽉 막힌 진공에서 꼼짝달싹 못할 제 써먹는 언어 저쪽의 또 다른 언어다. 역대 도인들마다 궁지에 몰리면, 극약처방으로 남발하던 전가의 보도다. 할수록 사태는 꼬인다.

"큰스님께선 살림살이 털어 놓으소서."

"제비 한 쌍이 노루 집에 알을 품었도다."

"쌍놈의 노루 잡자!"

도전자는 패기로 퉁기고 방어자는 노련미로 버틴다.

동행한 교수들은 소문만 무성하던 선가의 거량(선문답)에 어안이 벙벙

하면서도 재미는 쏠쏠하다는 투다. 나도 남도 모를 싸움 더 싸워 봤자다.

내가 중재자 자청해 쐐기 박을 시간대다.

"자, 큰스님께서 이기셨으니 이만 접읍시다요."

그러자 도사께서 회심의 한 방을 쏜다.

"화살은 이미 시위를 떠났도다."

화살이 떠났다면 급박한 비상사태다.

나도 몰래 맞받아친다.

"빗나갔습니다."

"할!"

"할 따따불!"

이쯤 되자, 산중 어른이신 상왕님 체통 묵사발로 구겨진다.

이로써 일단락일까? 천만에 콩떡, 만만에 팥떡이다. 불은 불로 끄는 게 세상이치고, 원수는 원수로 갚는 게 절집 이치다.

아뿔사의 풍광도사님 직계 심복들이 가만히 있을 리 만무하다. 그날 밤 저들의 무시무시한 복수혈전이 불을 뿜는다.

"죽이자!"

"멸공통일!"

싸움질이라면 태극기 휘날리며 피하지 않는 게 스님들 생리다. 조폭들 영역다툼은 저리가라다.

"고지가 저기다!"

"나의 개죽음을 적에게 알리지 말라!"

"돌아온 장고!"

"아이쿠, 박 터졌다!"

장지문 박차고 침공한 적군 선봉장을 이쪽 행동대장이 미리 매복했다가 허를 찔렀다. ⊕들은 참 철부지다. 아무것도 아닌 걸 꼬투리 잡아, 걸핏하면 생사결단 난투극이다.

"너네는 선방 수좌랍시고 그동안 우리 강원생을 무시했다. 수좌의 기득권 깨부수겠다. 수좌만 ⊕이더냐? 고로콤은 안 되지라. 나가 더는 못 참았뿌러. 나가 누구냐? 유신시절 여수부두의 멍게 형님이었당께."

"내도 못 참는다. 내는 마산의 번개라 카이."

살모사 구성원은 주로 전라도고, 아뿔사는 경상도다. 어쩌면 경상도, 전라도가 뒤엉킨 지역싸움이다.

"부처는 멀고 주먹은 가깝다!"

싸움은 다시 오만 가지 신기술을 총동원해 아수라장으로 돌입한다. 일진일퇴의 공방전이다. 피가 튀고 살이 튄다.

"켁!"

하다 말고 클라이맥스 다다르기 전, 전열이 스르르 와해된다. 혼비백산해 피아간 뒷걸음질 치기 바쁘다.

똥폭탄이었다.

그랬다. 누군가 엉큼스레 신문지에 아이스크림 모양으로 둘둘만 똥덩어릴 터뜨린 거다. 우와, ⊕들이 싸질렀을 독한 똥냄새.

"언놈이여?"

"더러버 못 싸우겠어라."

투척자는 오리무중이다. 퉤퉤, 이곳저곳 얼룩진 똥칠 닦아 내느라, 전투는 잠시 소강상태에 접어든다. 그러나 그날 밤 계속된 전투에서 한 명의 스님이 살해당하는 대참사가 빚어지나 여기선 다루지 않겠다.

당시 도하 매스컴에서 대서특필했던 사건이다.

자고로 벼룩이 서 말은 짊어지고 다녀도 中들 셋은 동행하기 어렵다고 했다. 그만치 개성이 강해 까다롭다는 방증이다.

中들은 도무지 제멋대로다. 어디로 튈지 모른다. 그들의 천방지축은 의학적으로나 심리적으로 고치기 난감한 불치병이다. 다만, 그 병이 처음 도졌을 때의 순간을 관통한다면 완쾌될 수도 있을 터이다.

처음 그때가 언제냐. 아마도 머리 깎기 직전이리라. 그때로 돌아가서 싸움 좀 그만 하자꾸나.

하면, 다이어 시계는 과연 무엇이었을까.

단초는 1970년대로 거슬러 오른다. 어마어마한 폭발사고가 이리역(현 익산시)을 강타해 사망 59명, 부상 천삼백 명의 참화가 발생했던 시점이다. 기화하여 해당지역 연고자였던 풍광도사께선 당신 주특기인 서예솜씨를 십분 발휘해, 이재민 돕기 바자회를 미도파 백화점(지금은 없어진) 4층 화랑에서 열었다.

사건이 사건인지라, 3천만 원 고액 매입자가 선뜻 나선다. 대한항공의 조중훈 회장이다. 조회장은 구입한 병풍을 일사천리로 박정희 대통령께 진상한다.

"온통 한문투성이군요."

"곧 해설해 올리겠습니다."

이차저차 하여 풍광도사가 직접 청와대 방문길에 오른다.

글귀 내용은 이조초 전설적 스님이었던 진묵이 모친의 49재 봉행하며 피력한 소회다.

산 적적 인 적적 하야
땅도 돌기(turn)를
멈춘 자정, 이 시각
엄니 혼백은 홀로
어딜 헤매시나요?

그러잖아도 영부인을 불의의 사고로 여읜 직후인지라 박통은 애절한 무상설법에 뜨거운 눈물을 지었단다. 첨가하여 역대 폐하들이 그러하였듯 소원을 물었겠다.

"산승의 소망은 부처님 성지순례입니다."

"적극 후원하겠소이다."

이리하여 풍광도사의 "부처님 발자취 따라서"가 전격 K방송을 통해 매주 한 차례씩 방영되기도 했었다.

대신 결말은 해피엔딩이 아니었다. 귀국 도중 풍광도사는 미국에 들러 스위스 명품시계 파텍스란 걸 샀고, 자초지종을 접한 대통령은 크게 실망한 나머지 그를 영영 외면했다는 것. 한줄기 기쁜 소식은 풍광도사가 입적하기 전, 말 많았던 명품 시계를 자선단체에 기증했다는 정도다.

이번엔 전쟁 파하고 평화협정 체결하는 막후 이야기다. 자나 깨나 괜한 앙숙으로 눈꼴시던 아뿔사와 살모사가 전투종료 보름 만에 화해식을 갖기로 전격 합의하는 과정이다.

회합 장소는 "구름 산장".

양쪽 절의 중간지점에 짱 박아 일명 '판문점'으로 불리는 전략 요충지
다. 산에선 누가 뭐라고 하든 中이 대장이다. 호랑인 두 번째 서열이다.

"왔어요, 왔어요, 中들이 왔어요."

"오세요, 오세요, 대사님들."

산장 주인 내외도 지레 짐작해 스님들끼리 오붓하라고 투숙 중인 등
산객들 진작 별채로 빼돌린 상태다.

"지난 전투에서 살인이 났어라."

"순국선열에 대한 묵념."

오라질, 순국선열이라니!

다시 만나도 멀쩡한 정상인이 없다. 끼리끼리 한물간 불특정 다수
다. 암튼 좋다. 오늘밤은 평화와 화해의 첫 장이다. 먹을거리는 무제
한의 소맥과 닭백숙 40인분. 닭 한 마리 中 한 마리다. 서막은 일단 화
기애애한 가족적(또는 가축적) 기운이 감돈다.

"분단의 과거지사 일랑 잊장께."

"암은, 우린 석 씨 가문의 왕족 종친이여."

"대한민국 상위 1프로."

"화해 기념으로, 위하여!"

"응? '위하여'라니?"

기껏 잘 나가다 삼천포 퐁당이다. 못 말리는 게 中들이다.

"음, '위하여!'는 속인들 전매특허니께, 우린 수행승답게 '타불!'이
어때?"

딴지를 건 스님은 아뿔사측 특수요원이다.

지난번 청산리 대첩 때 똥 폭탄 투척자로 판명나면서 군 입대 기피자가

일약 특수요원으로 폭풍 성장한 것이다. 입산 전 경력이 정화조차량 운전기사였다니, 전공은 살린 셈이기도 했다.

"'위하여'보단 '이목고'가 어때?"

살모사측 역제안이다.

'이목고'라면 기본 화두의 일종이다. 사회인들이라면 누구나 자동적으로 품는 화두다. 쉽게 풀어 "이 무엇인고?"인데, 이게 경상도 사투리로 탈바꿈해 "이목고?"로 자리 잡은 거다. 영어로 푼다면 더 쉽게 이해될 것이다. 즉 "What am I"나 "Who am I"가 되겠다.

"꼴사납게 술잔 들고 이목고라?"

"타불보다는 양반이라 카이."

"보수 패당이로세."

"깝죽대는 그쪽은 골수 좌빨."

"고마고마 됐다. 꼴리는 대로 놀재이."

"얼씨구절씨구 삐약삐약."

여야 동행은 뜬구름 잡기다. 저마다 술잔 들고 소리를 지른다.

지화자! 사바하! 타불! 이목고! 아멘!

"中들은 재수 없다!"

순간 닭백숙 한 마리 핑그르 공중제비 돌았다.

연달아 뒤죽박죽으로 개판 5분 전이다.

"맞아, 中은 中이 싫다!"

유리창이 우당탕 깨박 난다. 이내 주고받는 최첨단 무기는 닭 폭탄이다. 난 닭다리 한 개 입에 물었다가 뒤통수에 날아든 닭 폭탄 맞아 '캑!' 하고 토해 낸다.

中이 中을 친다. 닭이 닭을 친다.

동서양 전투사에 기록된바 없는 기이한 게릴라전이다.

아니나 다를까, 카메라 플래시가 번쩍번쩍 터진다. 별채로 내몰렸던 등산객들이 마냥 들떠 끼어들었다.

"죽은 닭이 불쌍타."

"中들 술버릇 고약타."

"그래도 재주는 용타."

"담배연기도 자욱타."

승속이 야리끼리 어울려 싹수 노랗게 막 돌아간다. 누가 누굴 탓할 계제 아니다. 이때 느닷없이 등장해 숙연케 만드는 자가 있었으니, 법찬스님이다. 닭이 천 마리면 봉황이 한 마리 숨었다는 속담 그대로다.

"우리가 목하 공개적 망신당한다는 것 숙지 하시라요. 스사로 지도자적 위치에 올랐다고 자화자찬하지 말더란 겁니다."

모종의 신호탄이었다. 급작스레 도미노 현상으로 자성론이 고개를 든다.

침묵은 역시 황금인가 보다. 평상시 어느 구석에 처박혔는지, 존재감이 지워졌던 말석의 비실이가 한 말씀 던지자, 효과는 만점이었다.

"법찬스님이 옳다. 우린 명색이 수도승이다. 자숙하자."

"찬성이다."

中들은 부지불식간 얌전 모드로 돌입한다.

막가파가 한번 자숙하면 무섭다. 물불 가리지 않는다.

"동지들, 휴전 조인식 도장은 2차에서 찍읍시다."

"맞아, 2차 반대하면 변절자여, 본시 술자리에서 2차 반대론자가 예수 중독자보다 독한 놈이랬거든."

이제야 겨우 호흡이 한 군데 숨구멍으로 몰렸다. 철부지 ⊕들은 무엇이 그리 흥겨운지 시끌벅적 한 방씩 날리기 시작한다. 타불이란다. 이목고란다. 사바하란다.

40명 대부대가 일거에 움직이려면 택시 몇 대론 태부족이다. 통 크게 이삿짐센터에 연락해 25톤짜리 덤프트럭 차출한다.

여차하면 탱크나 포클레인도 동원할 태세다.

"자, 떠나자 동해 바다로 고래 때려잡으러!"

"미워도 다시 한 번!"

"굳세어라 금순아!"

금순인 이름이 유별나 금방에 갔노라고 떠벌리는 스님은 물경 예순세 살 연세의 노장님이다. 예순인들 일흔인들 절집에선 철부지 동아리다.

"오동추야 달이 밝아 오동동이냐,

동동주 술타령이 오동동이냐♪"

고래고래 악을 쓰며 한 시간 만에 바닷가에 도착하자, 모닥불 활활 타오르는 백사장 중앙에선 무당패 용왕굿이 한창이다.

"비나이다 용왕미륵

굽어보소 자씨미륵

대복참복 헛세헛세."

헛세라고 경망스레 나불대는 무당노파의 앞니 빠진 발음이 꼭 '예수 예수' 하는 것 같다. 난 고개를 절레절레 젓는다. '예'자 돌림 단어라면 이제 신물이 난다. 그동안 피해가 막심했다. 예를 들겠다.

예수쟁이 예편네 예방주사
예비군훈련 예불 예비고사

무당패는 자기네 큰집(절) 식구들 왕림하셨다고 가일층 신명나게 덩더꿍덩더꿍 오두방정을 떤다. 징그러운 윙크도 내쏜다. 中들은 피하지 않고 모닥불 주변에 덩그러니 원을 긋는다.

난 도선생(도다리) 팬(fan)이다. 육고기 메뉴인 우보살(소)이나 돈처사(돼지)는 별로다. 도선생 물고 뜯다 보니 그림이 묘하다.

이조시절 치도고니 괄시받던 불가촉천민 네 부류가 한자리 맞물린 거다. 무당, 中, 백정, 뱃사공이 바로 4대 천민 천덕꾸러기였다.

현대적으로 번역하면, 당시의 백정은 오늘날 횟집 주방장이요, 당시의 뱃사공은 오늘날 모터보트 운전수다. 中이나 무당은 변함이 없다.

난 쌍놈이었고, 쌍놈이길 계속 바라는 자다.

인간이라고 별것이 아니다. 별것 아닌 인간이 모시는 인생 또한 별것 아니다. 나는 살다가 죽고, 또 죽다가 살 것이다.

술판이 거나히 무르익는다. 철부지 中들은 또 좀이 쑤셔 정서불안으로 안절부절못한다. 촌음을 다투어 자극을 받아야 직성이 풀리는 정박아들이다. 도박성 승부욕은 이미 벌어졌다.

물구나무서서 오래 버티기, 바닷물에 얼굴 처박고 오래 버티기 하다가 제법 고상한 두뇌 게임에 접어든다. 예컨대 부처님 10대 제자 이름 맞히기다. 사리불, 가섭, 목건련, 수보리, 라후라, 부루나, 땡!

한심하달까, 술이 과했달까.

中들의 알량한 실력은 달랑 여섯 명까지다. 아무도 열 명을 따르륵

꿰지 못한다. 中은 천하대장군이다. 천하대장군은 똑똑이다. 창피한 김에 누구는 베드로를 꾸어 오고 간디나 링컨도 찍어다 붙인다.

참으로 장래가 촉망되는 우수 장학생들이다. 모르긴 몰라도 예쁜 여자 탤런트를 꼽으라면, 열 명, 스무 명쯤은 거뜬히 주워섬길 것이다.

이래서는 타의 모범이 되지 못한다. 中들은 부지불식간 화끈하게 반성해야 한다고 뉘우친다.

바야흐로 동트기 직전이다.

"반성하고 개혁하자."

"무슨 시합으로?"

"물총 대자(big)로 가자."

"체급별 시합인가?"

"물총은 무제한급이 원칙이다. 고추가 작아도 맵고 오이가 커도 싱겁지 않더냐."

"물총 크다고 반성도 크나?"

잠시 티격태격 오가다가, 이는 오로지 친목회 경합이니 언짢은 토는 달지 말자고 여야 흔쾌히 합의한다.

"동시에 까고 즉석에서 챔피언을 가리자. 평가는 자체심사 50점, 관중 인기도 50점."

"공정한 올림픽 룰이다."

"까자."

"뻥!"

인정사정없는 물총 겨루기 단체전이다. 빡대가리 中들 마흔 명이 해 오름 겨냥해 벅차게 아랫도리를 까내린다.

대박(jack pot)이다. 석씨집안 초유의 물총 품평회다. 해마다 행한다면, 전국단위 유명 축제 내지는 유네스코 지정 무형문화재로 손색없겠다.

"석 선생은 말×이었다며?"

"달마 아제는 자라×?"

"까짓 거야 무슨 소용이람. 中들은 어차피 평생 도와 개점휴업인 걸."

설왕설래 난무할 즈음 순간포착 놓칠 새라 횟집 식구들, 무당 패거리들, 새벽바닷길 산책객들 떨거지로 꼬여 한마디씩 거든다. 가공할 인기투표 개시다.

"난 中들 잠지 첨 본다."

"누군 아니래?"

"금테라도 두른 줄 알았더니 꽝이네."

"저 中 잠지는 목탁 모양이잖아?"

"에계, 비쩍 마른 쪼다를 보라고, 완전 번데기야."

잔인하게 나를 지목한 듯했다.

내심 인기투표 몰표를 기대했건만, 망할 년이 초를 쳤다. 어림잡아 이십대 후반으로 지지리도 못생겼다. 들창코다. 팔랑귀다. 하마 아가리다. 저년은 신혼 첫날밤 소박을 맞든지 자궁암 걸릴 확률이 50퍼센트다. 못생긴 만치 의뭉할 것이다. 손톱 밑 가시는 아프다고 깨방정을 놓으면서, 정작 민감한 거시기에 가시보다 일만 배나 비대한 머시기가 박히면 제발이지 빼지 말라고 합장할 년이다.

어디 그뿐이냐. 저런 년은 상대방 남자를 더 속여 주지 못하는 걸 원통해 하고, 2층 짓는 아무 놈에게나 자신은 첫 경험이라고 징징 짤 것이다.

대한민국 남자들이여, 뭉쳐라. 아무리 꼴려도 저런 년한텐 2층 지어 주지 않는 게 남자의 자존심이자 하느님의 뜻이다.

철부지 ╪들의 승부욕은 어디까지일까?

1970년대 초 전지훈련 차 이합집산에 내려온 국가대표 축구팀과 탕수육 열 그릇 걸고 붙어 보자며 ╪들이 도전한 일화가 있다. 아뿔싸 플러스 살모사의 올스타(?) 단일팀을 꾸려서다.

감독은 일언지하 묵살한다.

"우린 명색이 국가대푠데 산골 동네팀과 자웅을 결한다는 건 어불성설이죠."

"가당찮군요. 우린 산촌초목이 벌벌 떠는 도술팀이외다. 신출귀몰하기 짝이 없어 상대팀이 허수아비로 당하더란 거요."

"낭패군요."

"질까 봐 겁나서?"

"승패는 병가지상사라지만."

"병사와 상사가 아니고?"

"그렇던가요?"

"네, 병사와 상사요."

"알았시다. 원대복귀 하는 대로 적당한 맞수를 골라 보낼 터인즉, 어디 한 번 기를 쓰고 이겨 보시라요."

"이기면 당신들 대표팀과?"

"여부 있소. 동대문구장에서 공개리에 응해 드리죠."

그랬지만 이게 뭐냐, 정말 병사와 상사였다.

감독이 中들 적수로 파견한 팀이 젖비린내 쌉싸래한 애송이(중동 중학)였다. 스님들은 분기탱천한다. 무시당했다. 도술팀의 위력을 십분 발휘해 버릇을 고치겠다.

中이 설마 中학생한테 지랴.

　　기운 센 천하장사
　　무쇠로 만든 도술팀
　　브아시티오아르와이(victory)

스님들이 어깨동무해 응원가랍시고 선창한 게 TV 만화 주제가인 〈마징가 Z〉다. 밀릴 새라 꼬맹이들은 〈로봇 태권V〉로 맞받는다.

　　달려라 달려 로보트여
　　날아라 날아 태권V
　　中님들 잡자 파이팅!

결과는 '어럽쇼'였다.

계급장 떼고 그라운드에서 이전투구 해본즉 스님들 쪽의 고의반칙 빈번했음에도 결과는 0대5 완패다. 어떤 中은 억울해 눈물까지 흘린다.

이게 1970년대 한국불교 자화상이다.

깡통 입산자들의 유일한 소망은 닭 볏만도 못한 '주지벼슬 따자'였다. 주지자릴 사법고시 합격과 동일시했다. 주지가 돈 번다. 주지로 출세하는 1순위는 동자께끼(열살 미만 입산자)였다. 온갖 기득권을 누리기 때문이다.

"대를 이어 충성!"

북조선 김 씨 왕조가 체제유지 귀감으로 면밀히 참고하는 게 다시 말하지만 한국 조계종의 상명하복식 세습제도다. 인간중심의 인본주의를 주체사상으로 포장해 한 사람만 떠받드는 불교적 사회주의.

참 어처구니없는 종말 시대였다.

수행자는 엄밀한 의미에서 불교를 연기하는 탤런트다. 원효, 의상, 지눌, 이들 삼총사가 열연했던 신라불교는 공전의 히트를 쳤다.

나의 절, 아니 우리 절은 어떤가? 명실공히 부자 절이다. 절집 은어론 라스베이거스다. 반대급부로 빈찰은 알라스카다. 기이한 건 정치판 구도와 흡사하다는 점이다. 경상도에 속한 사찰은 대부분 부찰이고, 전라도 사찰은 대부분 빈찰이다.

그나마나 나는 일 년 내내 풍년이다. 난 요즘 경관 수려한 기암절벽에 위치한 골수암이란 독채를 쓴다. 방이 두 칸이다. 한 칸은 명월관이요, 한 칸은 청풍옥이다. 주색잡기 놀이터다. 부처님 뵈러 오는 여자는 몽땅 내 여자다.

이합집산엔 동서남북 모서리마다 살가운 암자가 똬리를 틀었다. 산세가 워낙 험준한지라 풍수지리상 네 곳의 혈을 눌러야 한다고, 이조 초 무학대사가 내린 결정이란다.

하지만 미처 다 누르지 못했던지 암자들의 기세는 들쭉날쭉이다. 무슬림, 힌두, 라마가 어울린, 그야말로 잡탕이다.

옴마니 반메홈 다나다라
시리시리 소로소로 못쟈못쟈
아미타불 제하방
착득심득 절망망
비스미 알라 라흐마니
랍비 알 핫다핫다

절에서 돼지 멱따는 염불 속에 세 가지 종교 비빔밥으로 뒤섞였다. 中들은 뭣도 모르고 엄숙히 혼용한다. 염불의식에서 한국불교는 이른 바 힌두교와 회교를 버무린 잡탕종교다.

뭐, 나쁘지 않다. 지역마다 풍토병이 다르다. 이를 감안한다면, 한국불교의 염불의식은 종합 예방주사다.

이쯤에서 감응할 현몽스님 아니다.

나대로 내가 발명한 "괴상망측 진언" 덧칠해 버린다.

옴 따리따리 뚜따리
왓다리갓다리 쿤다리
수리수리 워리워리

이상 자수한 대로다. 그렇게 살았다. 바람 부는 대로, 물결치는 대로, 1인칭인 나를 떠나보내 제3자로 살았다.

오늘은 간만에 쾌청한 날씨다. 암자 순례에 나설까 보다. 첫 번째 방문지 위암이다.

"주인장 계슈?"

"뉘시더라?"

"현몽이외다."

"현몽이 악몽이?"

조반 해장술에 벌써 알딸딸한 꼬락서니다.

불콰한 사십대 중반이 날 반길까 말까 망설인다. 외진 암자에 붙박여 외롭다 보면, 그리운 건 애기보살(아가씨 신도)이거나 酒(주)보살뿐이다.

마당 정중앙 돌비석엔 "사랑"이란 휘호가 큼직한 예서체로 적혀 있다. 글씨 시주자는 방방곡곡 훑으며 표 한 장 달라고 애걸복걸하던 정치꾼 누구누구다. 사랑이란 정치꾼이나 종교꾼이 건성으로 남발하는 상투적 단어다. 사랑으로 치장하면 정치꾼 입장에선 민생구제요, 종교꾼 입장에선 중생구제다.

"나의 방문이 언짢소?"

"그럴 리가요."

구렁이 담 넘는 게 역시 돌팔이 조계종답다.

이 위인은 가짜 조계종이다. 불교 상품 중 상한가는 어쨌거나 조계종이다. 월등한 조계종 브랜드 교묘히 위조해 유사상표 유통시키는 짝퉁 중 하나가 나랑 대면한 작자다. 몸뚱이 우람한 만치 거시기도 빨랫방망이 뺨치도록 크고 큰 만치 무식할 것이다.

"스님 조계종 아니잖소?"

"존 게 존 게 아니오까."

딴에는 그랬다.

서로가 서로를 속이며 좌익우익이 뒤섞여 게거품 무는 게 사바세계

대한민국이다. 말뚝 용기 불끈해 북조선 밀입국 한 번 하면 국회의원
되는 게 대한민국이다.

"졸승, 정식으로 수인사 나누겠소이다."

이건 또 무슨 해프닝인가. 익히 낯익은 사이거늘 수인사라니.

하긴 못난 말종들, 끼리끼리 총집결했으니 무슨 그림인들 그려지지
않을쏘냐.

"소승은 시인 온달이외다. 내 시집 혹여 보셨소?"

"금시초문이외다."

위매, 시인이란다. 고귀한 신분이다.

안 그래도 대한민국 절집엔 시인 범람이다. 자기 이름자도 꼬불꼬불
겨우 그리는 꼴통들이 시인이랍시고 마구잡이 병신육갑을 떤다. 사회
나 절이나 시인 공급 과잉으로 시인 숫자가 독자 숫자를 웃돌아 불원간
시인끼리 저네 시집 사고파는 문화혁명 황금기(?)가 도래할 것 같다.

나의 묵묵부답이 켕겼던지 온달스님이 신원미상의 아줌씨 한 분을
호출해 술상을 차리라 명한다. 사십대 남짓이다.

"네."

여자는 고분고분 따른다. 시인스님 그게 크긴 큰가 보다.

하지만 호박밭에 자빠져도 누가 호박이고 누가 사람인지 구별이 난
감한 그런 여자다. 거무죽죽한 피부에 다 따먹은 장기판 마냥 썰렁한
표정에 손은 갈고리 손이다. 저런 손으로 만져도 그게 일어날까?

"마시자고요."

"아니라고요."

술이라면 나도 대가다. 내 몸속엔 피가 말라 버려 알코올이 흐른다.

아니, 난 아예 알코올로 빚어진 알코올 등신불이다.

"왜서 사양이신지?"

"술은 영혼의 음식입니다."

"영혼도 술을 마시고라?"

날라리임에 틀림없는 놈이다. 술상 차리고 무대 뒤로 사리진 아줌씨는 뒤로 감춘 마누라일 것이다.

"마시라요, 부디."

"아니라요, 부디."

술은 별빛과 숨바꼭질하는 음료수다.

술을 위해서도 대통령 한 번 더 당선해야겠다. 지난번 공약은 "연애청" 신설이었지만, 이번엔 "음주 면허제" 입법예고가 공약이다.

음주면허제 각론은 아래와 같다.

1. 면허증에 기재된 급수만치 마신다.
2. 7급은 소주 한 잔, 5급은 석 잔, 3급은 한 병
3. 유단자는 무제한이되, 실수하면 가중처벌
4. 면허증 발급시험은 안행부에서 주관하고
5. 위조면허증 소지자는 내란 음모죄로 다스린다.
※ 모범 음주자에겐 혜택이 따르되 각종 선거에서 1인 2표를 행사할 특권을 준다.

"몽대사."

또라이가 틀림없다. 날더러 대사란다.

"푸하하!"

또라이한테 추앙 받느니 선술집 작부한테 귀싸대기 작신 얻어터지는 게 심간 편하겠다.

"몽대사."

연거푸 몽대사란다. 곱빼기로 모자란 놈이다.

"왜 그러슈?"

"졸작이오나……."

오오라, 자신의 시집을 읽어 달라는 응석이다. 딱히 나눌 대화도 바닥난 터에 잘됐다. 첫 장의 제목은 "술"이다.

> 앞방과 뒷방에서 술 마시는 소리 홀짝
> 골방과 쪽방에서 떡치는 소리 깨갱

아이구메, 정신 차려야겠다.

나는 새 나라의 씩씩한 中으로써 "불조심", "술 조심", "中조심" 표어들 잘 지켜야겠다.

"으헤헤헤."

꾸역꾸역 목구멍 간질이는 웃음보 깨물고 진지하게 다음 페이지로 넘어간다.

> 남쪽나라 십자성은 부처님 얼굴
> 북쪽나라 북극성은 예수님 얼굴
> 나는 나는 별똥 맞은 선지자

이 유행가 저 유행가에서 요리조리 빼내 짜깁기한 누더기 시다. 내 평생 대할 낙제 시들을 이 한 권에서 깡그리 답습할 판이다. 고급 오디오에선 남녀혼성 뽕짝이 연신 호들갑스럽다.

> 여보 왜 불러 뒷마당에 매어 둔
> 병아리 한 쌍 보았소 보았지
> 어쨌수 잘했군 잘했군 잘했어

"온달스님, 클래식은 없수까?"

"클래식이면 미국 가수요, 영국 가수요?"

"미국, 영국을 떠나서 〈동심초〉 가곡이라도."

"하, 이미자의 〈동백아가씨〉?"

대화는 우당탕 박살나 버린다. 어쩔 수 없다. 종이비행기나 태울까 보다. 이런 놈은 자신이 왜 형편없는지에 대해선 추호도 돌아보지 못하는지라 부처님께서 특별과외 시켜도 소용없다.

"차기 노벨 문학상은 따 놓은 당상입니다. 이 시집 세네갈어, 이북어, 바비큐어로 번역해 대량 살포하소서."

"바비큐는 어느 나라요?"

"아프리카의 소국이외다. 외눈박이만 산다더군요."

"몽사는 혜안이 밝구랴. 혹자는 내 시를 빗대어 각설이타령으로 폄하하지라. 1등 독자 만났응께 한턱 쏘겠소. 두둑한 봉투 드릴 테니 오늘밤 안주는 아랫말 관광식당에서 갈비찜 드시라요."

"갈비찜 시는 없소?"

"냉큼 짓고 말고라."

앵두나무 우물가에
동네방네 군침 도네
새콤달콤 갈비찜 내 사랑

이 위인, 사기전과 6범이라는 소문 떠돈다.

사회발전에 기여하는바 공덕이 심히 크다. 진작 산으로 토끼었기 망정이지 사회에 죽쳤다면 군 단위마다 경찰서 한 개씩은 더 필요했을 것이다.

"이만 갈비찜 먹으러 가겠소이다."

"가기 전에 영어나 한 줄 배웁시다. 몽사는 대통령 앞에서도 8군 사령관과 유창한 영어로 대화한 사람 아니겠소. 갈비찜이 영어로 뭐라요?"

"푸시킨."

장난을 쳐버린다.

"먹다는?"

"찹찹."

"거 쉽고라. 갈비찜 먹다는 영어로 푸시킨 찹찹 아니오까?"

"그러지라."

엉터리 영어인들 초등학교 2학년 중퇴자가 알겠으며 정식 영어인들 알겠는가. ×만 크고 무식만 큰놈.

하직하고 터덜터덜 내려간다.

산새들이 지지배배 까무러친다. 우는 건지 웃는 건지, 내가 새가 아닌지라 알 길이 없다. 단, 새들은 사람을 부러워하지 않는 것만은 확실한 것 같다. 헌데 사람은 왜 부처를 부러워할까.

"부처야. 내 청춘 물어내라!"

공연히 심술이 동해 악을 빡 쓰다 보니 삼삼한 기적이 일어난다.

나는 내려가는데, 아장아장 올라오는 소녀가 있다. 하얗고 동그래서 매력적이긴 하나, 콧구멍이 너무 커서 불합격이다.

딸깍 얽혔다. 몸을 부비며 비켜야 할 비좁은 샛길이다.

"소녀야, 갈비찜 사주랴?"

"네?"

"까꿍."

잽싸게 윙크 한방 먹인다.

"엄마야!"

가느다란 비명 내지르다가 소녀가 폭삭 꼬시라진다. 나는 훌륭한 스님인데 예쁜 소녀는 왜 놀랄까?

살포시 소녀를 다독인다.

"갈비찜 먹자니까."

"앙, 죽을 때까지 갈비찜 안 먹고 불교 안 믿을 거예요!"

두 번째 탐방지는 간암이다.

소위 양아치 소굴이다. 지킴이 다섯 명의 전력이 삐끼, 십장, 잡상인, 쓰리꾼, 호객꾼이다. 1960년대 초까지 한국불교는 태고종(대처승) 천지였다. 中은 부처 팔아 돈 벌고, 마누라는 부처님 며느리로 기세등등했다.

"허, 절 마당 빨랫줄에 아낙네 속옷이라니, 쯧."

자유당 말기 양산 통도사에 들렀던 이승만 대통령의 한탄이 기폭제가 되어 비구승이 본토수복 선언하자 대처승은 이내 지리멸렬한다.

"대처승 일망타진하여, 민족정기 바로잡자."

"못살겠다, 갈아 보자."

"갈아 봤자 더 못산다."

첨예한 백병전이었다. 오늘날 국회의원들은 서부활극에 비해서야 수위가 낮았지만 그런대로 볼만은 했다.

"알을 배려거든 속가에 둥지를 틀어라."

"뭐 어때서? 석가모니도 장가갔었다."

"비구는 독신이 원칙."

"비구승 득세하면 세상 인류 씨 마른다."

이 무렵 비구패, 대처패, 양방으로 팔려 왔던 양아치가 정전협정 후에도 눌러앉아 버린 게 골칫거리였다. 대접 받으며 폼 잡는 데가 절집이란 걸 알아 버린 거다.

이들은 어영부영 양아치 노조 결성해 전국의 노른자위 사찰에 알 박기를 감행한다. 달러 박스(dollar box)였던 경기도의 X암, 강원도의 X암, 경상도의 X암이 이들의 수중에 떨어졌다.

돈을 벌자 섹스가 고팠다.

서울 조계사 인근엔 이들 전용이라 할 만한 창녀여관이 우후죽순 돋아났다. 그리고 돈벌이가 쏠쏠하자, 대구에도, 강릉에도, 온양에도, 점조직으로 독버섯처럼 번졌다.

이에 대해 1980년대 초 동아일보의 김성섭 기자가 용감하게 실상을 파헤쳤다가 엄청난 곤욕을 치른다.

"불교탄압 중단하라!"

中들 일부가 신문사로 몰려가 핏대를 세웠다. 데모꾼 중 시인 온달스님이 섞인 건 물론이다. 더욱 가관인 건 그들 중 일부는 훗날 종단 요직에 올라 종단개혁을 부르짖으며 맹활약하더란 거다.

그때 내가 만약 조계사 대웅전에서 개혁에 앞장서 물총 끊었다면 흰 피가 콸콸 치솟고, 삼각산에선 수백 마리 호랑이가 슬피 울더라고 전설 따라 삼천리에선 두고두고 전했을 것이다.

지금도 늦진 않았다. 늦은 때가 빠른 때다.

〈죽기 좋은날(good day to die)〉이라는 할리우드 영화도 절찬리 상영 중이다. 中들에게 오늘은 돈 벌기 좋은 날이겠지.

암튼 이쯤에서 스리랑 고개 넘어간다.

간암은 한적하게 판개스님 혼자서 지키는 중이다.

양아치 회원 중 네 명은 각자 소유의 사찰(주식회사)에 수금 차 나갔고, 또는 짱 박아 둔 처자식 돌보느라 동분서주 바쁘단다.

판개스님의 경우는 예외였다. 그간 뼈 빠지게 적립한 부정축재 자금 중 절반을 불쌍한 中들을 상대로 사채놀이 벌이다 송두리째 날린 형국이다. 젬병, 기획입산이 기획 사채업으로 거덜 났다.

떼인 원금 회수코자 그가 기울인 노력은 부당해고 항의하는 노동자들 절규를 능가했다.

"부처님 돈 회수해 주소서."

경찰청, 검찰, 국회 등 각계각층 민원실 빙빙 돌며 진정서며 탄원서며 싸잡아 돌리다가, 결과가 신통치 않자 최후의 한 칼 날린 데가 가톨릭의 "정의사제 구현단"이다.

"존경하는 신부님들, 도와주소서. 中이 中한테 사기 당했습니다."

판개스님이 구들장 꺼지도록 긴 한숨 내쉬더니만, 급작스레 지까다비(Nippon) 포르노를 냅다 돌린다. 동공이 이내 희멀겋게 풀어진다. 기를 써서 헛ㅈ 세우는 참이다.

"기무찌 이ㄲ이ㄲ!"

가시나들 혀 꼬부라진 비명 자지러진다.

"재미납니까?"

"재미나다 못해 미성년자 강간죄로 형무소 콩밥 석삼년 먹었소만, 별것 아니요. 여자는 일곱 살 이상 예순 살 이하면 다 빵꾸똥꾸고, 사내새끼들 삼강오륜 읊어 봤자 역시 거기서 거기요."

딴에는 그럴싸했다. 인간들 성인군자인 척 뽐내 봤자 섹스로 전염되는 한시적 섹스 바이러스에 지나지 않는다.

화제를 싹 틀어 버린다.

"여직 사채 빚 회수치 못해 상심이 큽니까?"

"노심초사 머릿골 당기다 못해 두어 달 중국대륙 갈지z자로 휘젓다 닷새 전 귀국했소이다. 짱꼴라 아씨들 죽이더만."

홧김에 창녀 찾아 3만 리 떠돌았다는 무용담을 따발총 쏘는 참이다.

내가 화제를 바꾸어 버린다.

"판개스님은 초딩 5학년 중퇴로 아는데 중국언 언제 익혔다요?"

"초딩 5학년이면 고학력이게요. 나 초딩 2년 수료요. 무슨 상관이람. 쓰발, 답답하구마. 쩐이면 띵호와라. 쩐이 만국어여. 닥구시(taxi) 대절해 일당 백 달러씩 안기니까 우리말 척척 알아듣더라고. 가자면 가고 서자면 서고 밤마단 자동으로 홍등가 안내하고."

"뭉칫돈 꼬불쳐 두었댔소?"

"니미, 부자가 망해도 석3년 띵띵 거리잖소. 내 이럴 줄 알고 동상까지 미리 준비했지라."

"동상?"

"거 있잖소. 이합집산 동쪽 입구에서 강둑 타고 10리쯤 내달리면 여당에서 한 번 야당에서 한 번 공천 받았다가 국회의원 낙방한 어떤 싸가지가 골프장 지으려다 말아먹은 유휴지말이요. 그게 무려 백만 평이라. 똥값에 팔아 치우는 통에 내가 그중 5천 평을 사들여 나의 동상 건립해 놓았소이다. 떼인 돈 회수하야 그곳에 웰빙 전문 건강사찰 때려 짓고 자손만대 대물림할 거외다."

"자식도 됐소?"

한국불교 대세는 오래전부터 은처승 전성시대였다. 허망세상 다녀가는 기념품으로 자식 하나쯤 짱 박아 둔다는 데야 더 할 말없다.

비근한 예는 부지기수다. A사찰엔 40년 넘게 전통고찰 조계종 주지직 이어 가는 스님이 계신다. 마누라완 서류상 이혼상태로, 동거하며 그동안 다섯 번이나 절에서 알을 깠고 자녀들 모두 대학교육 시켜 시집 장가를 보냈다.

하고도 2014년 현재 여전히 주지스님이다. 절집이 그에겐 손쉬운 직업이고, 임명권자인 본사 책임자는 그만치 뒷돈 챙기기 손쉬운 데가 그곳이기도 했다.

B사찰엔 30년 동안 마누라 세 번 바꾼 스님이 계신다. 역시 조계종 소속의 천년고찰이다. 세 번째 마님은 아예 "인생 상담사"라는 해괴한 명함을 뿌리며 점쟁이 노릇에 여념이 없다. 정통 조계종의 비구스님이 점쟁이 마님과 손잡고 불교를 팔아먹는 현장이다.

그러나 고상한 선방 스님들은 모르는 채 눈감아 버린다. 까마귀 노는 곳에 가 봤자, 백로만 손해라는 사고방식이다. 어쩌면 불교 궁극의 목표인 무심에 이르러서일까.

무심을 두고 맹렬히 경합했던 빅매치가 있었다. 천삼백 년 전이다.

신수 선사가 선제공격을 가한다.

> 육신은 나무요
> 마음은 거울일세
> 부지런히 털고 닦아
> 때 묻지 마세

이걸 어퍼컷 한방으로 맞받아쳐 영웅이 된 자가 혜능선사다. 그렇다고 기절초풍할 대응도 아니다. 오늘날이라면 시인 지망생들 습작 수준이다.

> 나무도 거울도 환상일레

본시 텅 비었거늘
어드메 때가 묻을까

무심은 기실 노래 따위의 대상이 아니다.

무심엔 자고로 아무런 소유권이나 가타부타의 기득권이 인정되지 않는다. 무심에선 살고 죽는 인생사 따위, 구원이나 심판의 종교사 따위 시시한 비공식적 문제로 처리된다.

나도 써 볼까 보다.

육신은 술이요
마음은 색(sex)이라
마시고 비비는 동안
어디라 때가 묻을까

뭐 그렇더란 거다.

인간이 도깨비감투 쓰듯 성인군자 되고 더 이상 된대도 별것 아니다. 살아 봤자 거기고, 죽어 봤자 거기다.

인간이 무에 그리 못났고, 성인군자 무에 그리 잘났더냐. 차이점이라면 범부는 스스로 잘났다 뻐기고, 성인군자는 스스로 못났노라 뻐기는 정도다. 못난 놈이 잘난 척 뻐기는 것도 웃기지만, 잘난 놈이 못난 척 뻐기는 것도 웃긴다.

슬금슬금 세 번째 목표물인 폐암에 당도한다.

"얍얍 원투 스트레이트, 왼쪽 구비심 오른쪽 업어치기."

40대 장발족이 독특한 주문 씨부렁거리며 독특한 무술연마에 열중이다. 中은 아니고 처사다.

가난한 암자인지라 스님들이 피하는 곳이다. 하다 보니 아무나 들어와 집을 지켜 주는 것도 고맙다.

"안녕하슈?"

"사바디 캅."

어쭈, 태국 인사말로 맞받는다.

"나마스떼."

난 한술 더 떠 인도어 인사로 되받는다.

"요즈음 연마 기술은?"

"경신술, 둔갑술, 깜짝술 지나 승천술 단계지요."

이 사람, 암암리에 전수된다는 한국 전통의 비술 계승자다. 이름하여 '신선도 무술'이다. 창시자는 단군님이란다.

어딘가 어리숙하면서 약간은 천재성을 지녔다. 천재란 보통 사람에 비해 무언가 한 가질 더 가진 게 아니라 무언가 나사 하나가 모자라는 사람 아닌가?

그것까진 좋았다.

이 사람 순수한 천재성 지녔으면서 꽃을 못 피우는 건 허튼 욕심 때문이다. 욕심은 등불의 기름이다. 기름이 사위지 않는 한, 등불은 꺼지지 않는다.

등불은 종종 환상을 조립해 온갖 실루엣을 만든다. 남자라면 못난 여자에게 유리 구두를 신기고, 여자라면 못난 남자를 백마에 태우고,

종교라면 기가 찬 참극을 빚는다.

1978년 남미 가이아나의 인민사원(people's temple)이란 기독교 단체에선 9백 명의 추종자를 동반자살 시켰고, 한국에서도 기독교 휴거 소동으로 한바탕 난리굿판이 벌어졌었다.

솔직히 까발려 종교는 독심술 모방한 마술적 힘을 빌린다.

마술이 무엇인가? 영어 'magic(마술)'의 어원은 산스크리트 'maya(환상)'에서 비롯했다. 환상은 야릇한 현상 일으킨다.

오늘날 대도시 역전광장에 나가면 두 가지 부류의 인간과 마주치는 게 상례다. 창녀 아님 파룬궁 전도자다. 이들이 공통으로 전도하는 게 있다. 첫 단계에서 나른한 황홀감이 도래해 몸이 붕 뜬다고 떠벌인다. 기도나 참선에서도 첫날 경험하는 간증이다. 환상이 깊어지면 하늘 너머를 보고 만다.

1970년대 말 적상산 인국사에서다. 해당사찰 주지는 홍익대 미대 출신으로, 달마도 그림에서 유명세 떨치는 범주스님이다.

적상산은 덕유산 줄기다. 가을철 단풍이 새색시 치마처럼 붉다 하여 명명된 이름이다.

그곳에 산악훈련 중이던 육군 장성이 지나간 게 얘깃거리의 쟁점이다.

장군은 구슬땀 식힐 겸 잠시였으나, 장군을 보자마자 혼비백산해 용수철로 튀는 사나이가 있었다.

"어찌까잉, 천세천세 천천세, 불초 남원골의 윤생원이 폐하께 문후 여쭈옵니다. 창졸간에 용안을 우러러 황공무지로소이다."

5백 년 전 궁중 유행어다. 내가 열네 살적 애기스님에게 그랬던 것처럼. 상대방은 어리둥절 기가 찬다.

KING HYUMMONG
Nobody knows the
trouble I've seen!

"날더러 폐하라고 했소?"

"여부 있사옵니까."

"진짜 폐하께선 이 시간 구천동 국립공원에서 공화당 전국 단합대회에 참석 중이시오. 애매한 사람 역적패당으로 몰지 마슈."

"불초에겐 명명백백 훤히 꿰뚫어 보이는 걸 어찌하옵니까?"

마당 흙바닥에 납작 부복한 사람은 적상산 산신님께 백일기도 치성 중이던 50대 점쟁이고, 육군 장성은 굳이 까빌리지 않아도 그가 누군지 여러분은 능히 짐작할 터이다.

어설픈 점괘대로 정군은 불원간 대권을 거머쥐었기 때문이다. 참선에 비해 한 수 아래인 주술이나 기도발이 왕왕 신기한 예언을 동반하는 것도 사실이다. 집중할 때 어느 한순간 영혼이 발기해 서클circle 저쪽을 보아 버리는 거다.

비근한 예로 정도령이 있었다. 그는 계룡산에서 이판사판 나름의 산신기도 올리다가 항차 계룡산의 신도안이 새로운 도읍지가 될 것이라 정감록에 기술했던바 얼추 맞아떨어졌다. 그로부터 3백 년 후, 신도안엔 합참본부가 들어섰고 계룡산 자락의 밑 둥지엔 세종시라는 새서울이 자리했으니 말이다.

그러나 기도나 주술에 떨어지면 인생은 거기서 막장이다.

인생은 꽃처럼 피고 지는 인연에 따라 생멸하는 것인데, 그 인연법을 지나쳐 버리는 경우 삿된 외도에 빠진 것이라고 정통불교에선 혀를 찬다.

환상은 그렇게 농담반 진담반으로 돌라가더란다.

곁들일 후일담은 폐암의 장발족, 이 위인은 이듬해 자신의 승천술을

시운전하다 즉사했다. 자작곡한 신통방통 주술 외우며 이합집산의 상
상봉에서 날았던 거다. 거사 직전의 의식이 묘했다.

　좌로 다섯 보, 우로 다섯 보

　한 발짝 뗄 적마다 비행술 도사인 왕잠자리 한 마리씩 날것으로 잘근
잘근 씹는다.

　　짱께 짱께 핫다 핫다

　　바이로차나 렁부씨

　　다윗 임마뉴엘 알라아쿰

　　옴 라이트 휘리릭 플라이

　그리고 5초 후, 그는 온 몸이 갈갈이 찢겼고, 황당 기사 못 찾아 환장
하는 주간지 우스갯거리로 한 인생을 종지부 찍었다.

E. 흔들고 쓰리고

2012년 전라남도 장성 백양사에서 비구승들 도박판(술+담배)사건이 불거져, 일파만파 매스컴을 뜨겁게 달구었다.

음미해 보면, 그곳은 못다 달랜 도박 귀신이 붙은 음지다. 매스컴은 이걸 간과해 사또 지나고 나팔 분 격이다. 30년 전 이미 그곳 주지였던 천장스님(나랑은 막역했던)이 도박중독에 짓눌려 고민하다 자살한 전력이 있다.

나라고 예외였을까. 앞장서서 생활 스포츠로 격렬히 즐겼다.

고적한 산사에서 참선 이외에 여가선용 최대한 살리는 덴 도박만한 고품격 스포츠도 드물다. 축구시합은 붙어 봤자 중학생들 밥이고, 백사장 물총 시합도 벌여 봤자, 나만 비웃음거리다.

부처님 전상서하여 도박이 최고다.

한국 선원의 참선수행은 너무 스파르타식 강행군이라 재미에서도 빵점이다. 동남아의 느슨한 참선 시간표를 적어 보겠다.

The timetable

4.00.am. morning wake up bell

4.00~6.30.am. meditate in the hall or in your own room

6.30~8.00.am. breakfast break

9.00~11.00.am. meditate in the hall or in your room according to the teacher's instruction

11.00~12:00.noon. lunch break

12.00~1.00.pm. rest and interview with the teacher

1.00~2.30.pm. meditate in the hall or in your room

2.30~3.30.pm. group meditation in the hall

3.30~5.00.pm. meditate in the hall or in your room according to the teacher's instruction.

5.00~6.00.pm. tea break

6.00~7.00.pm. group meditation in the hall

7.00~8.00.pm. teacher's discourse in the hall

8.00~9.00.pm. group meditation in the hall

9.00~9.30.pm. question time in the hall

9.30 pm. retire to your room, light out

기계적인 우격다짐 속에 인간적인 순수함 싹틀 리 만무하다.

훈련되는 건 순수가 아니다. 형식적인 수행은 다분히 형식적인 생로병사를 답습한다. 형식에 얽매이다 보면 단 한 번도 자아의 혁명을 실행하지 못한다.

종교에서 일컫는 안과 밖도 실은 별것 아니다.

석가모니의 태생은 왕족 재벌이었기에 외형적 물질엔 진작 신물이 났을 테고, 예수네 집안은 대를 잇는 가난뱅이였기에 자연스레 바깥쪽의 풍요에 눈을 돌릴 수밖에 없었을 것이다. 절집에서 형식적 참선이 유행하듯 기독교에도 형식적 기도가 성행한다.

용서 하소서, 하여간 죄인을 용서 하소서다. 지금 엎드려 회개하는 부모가 그러했,고 부모의 부모들도 히스테리하게 그러했을 것이다.

참선이든 기도든 핵심은 마음가짐이다. 마음이 타락하면 섹스가 되고, 섹스가 타락하면 자본주의 부르주아가 되고, 부르주아가 타락하면 사이비 종교가 된다. 마음 깨어 있음이 구원이고 거듭남이다.

1970~80년대 인천 용화사선원엔 철마다 꼭 가톨릭의 서양 사제들이 입방해 스님들과 똑같이 참선공부를 했었다. 그네들도 궁극엔 마음이 신이라며, 우리에게 동감했던 거다.

하다가 어느 해부터인가 발길을 뚝 끊었다. 불교 쪽 수행방식에 슬슬 물들어 가는 꼴을 보다 못한 교황청에서 강한 엄명을 내린 것이다. 스님들과 한패로 어울리지 말라고!

그런데 목하 한국의 선원엔 스승이 메말랐다. 도토리 키재기 식으로 옹기종기 모여 앉아 무작정 하루 여덟 시간씩 불도저처럼 밀어붙이기다.

난 차라리 내 방을 하우스로 정해 노름 용맹정진에 나서고 만다. 불철주야 불붙다 보니, 식사시간도 아깝다. 자욱한 담배연기 속에 간간이 퀵 서비스로 배달되는 통닭이 식사의 전부다.

판치생모 고도리? 고도리가 왜 안 터질까?

"오고가는 현찰 속에

밝아지는 노름풍토!"

공산명월 뒤집혀라

분신사바 오까네 구다사이!"

"싸고 피박!"

고스톱 화투놀이 창시자가 아직까지 국무총리로 오르지 못한 건 청와대 인사발탁에서 1순위 실수라고 누군가 울분을 토하면 "고노당(고스톱 노름을 줄여서) 결성해 국회 진출을 노린다면 당선은 따 놓은 당상이고, 그제야 새 정치는 3막 3장 열릴 것이다"고 누군가 맞장구친다.

밖에는 솔바람 더하기 풍경소리.

안에는 동양화 48장 꽃피는 소리.

판돈은 점당 만원이다. 서너 판 광박에 피박에 쓰리 고에 독박 뒤집어쓰면, 거금 백만 원이 감쪽같이 부서진다.

물론 나 혼자 놀지 않았다. 얽히고설킨 사연이야 미주알고주알 밝히지 않겠다.

간혹은 관할지역의 안기부조정관, 경찰서장, 시장, 지청장 나리들이 죽마고우 VIP 계원으로 어울렸다. 죽마고우란 문자 그대로 죽치고 마주 앉아 고스톱으로 우정을 다진다는 비밀결사 단체다.

가끔은 노름삼매 속에서 참선을 즐기고, 욕망의 메커니즘을 덤으로 즐긴다. 노름은 과거가 아니며 미래도 아니다. 내일은 삼수갑산을 갈

지언정 이 순간은 피터지게 놀자.

나는 타락했다. 이젠 아무것도 주장하지 않고 내세우지 않고 변명하지 않고 방어하지 않고, 무언가를 증명키 위해 혹은 무슨 무슨 존재감을 느끼기 위해 살지 않을 것이다. 텅 빈 하늘처럼 하늘 전체로 나는 우두커니 서 있을 것이다.

나의 하우스는 명실공히 관내 최상의 클럽이었다.

나머지 여타 방들 실태는 어떠냐. 골방은 골방대로 점당 5백 원짜리 판돈 오가는 노장님들 경로당이다. 젊은 시절 황금기에야 삐까번쩍 빛났겠지만, 쇠약하면 비실비실 밀리는 게 절집 정글의 법칙이다.

세상물정 담쌓고 부처님과 돈독한 친분관계를 유지하면, 죽어서 정말 극락으로 직행하는 줄 안다. 이들 중 한 분은 사이비 한의사한테 꼴딱 넘어가 고스톱 백전백승탕이란 보약까지 복용한 터다.

어디 그뿐인가. 유치원생 급의 천진한 말다툼도 심심찮게 벌어진다. 오늘 티격태격의 발단은 TV 화면의 아가씨다.

"암. 배우 장미희가 젤 이쁘제."

"뭐라카노, 가수 문주란은 우짜고?"

"치아뿌라. 아나운서 백지연이 1등이다."

"눈깔에 백태 끼었남?"

"어따 대고 삣대고?"

⊕들은 왕왕 나이를 망각한다. 일곱 살 입산자는 죽을 때까지 일곱 살이고, 열아홉 살 출가자는 죽을 때까지 열아홉 살에 머문다.

"장미희가 삼팔광땡이라카이."

"그럼 문주란인 쓰리 고!"

"백지연인 몰패!"

설왕설래가 폭발직전 치달으면 노장님들은 민주주의 입각하야 투표로 결정을 내자고 하지만, 결과는 부득불 3대3 동점이다.

그러나 오늘은 유별났다. 제가끔 뿔이 났다. 도지사한테 물어 보자였다.

"아이다, 도지사는 약하다. 감사원장한테 가자."

"더 강한 건 비행기, 탱크, 잠수함 맘껏 주무르는 합참이다. 합참의장한테 가자."

"머라카노, 청와대가 직통이다."

예쁜 여자를 가려 주는 곳이 합참일까, 청와대일까?

2014년이라면 구혜선(배우), 장예원(아나운서), 정여혜(?)가 논쟁의 중심에서 화닥화닥 불을 붙이겠지.

암튼 노장님들 '놀고 있다'였다. 인생은 누가 뭐라고 하든 젊어서 인생이고, 中놀이도 젊어서 한때인가 보다. 그런대로 이 노장님들은 지극히 행복한 편이다. 늦께끼(서른 살 넘은 입산자들)는 한발 삐끗 눈치 보여 절에서 밀리면 서울역 노자 신세다. 빈부격차 자심한 특수지역이 한국의 부처님 댁이다.

내 또래의 옛 도반을 서울역 노숙자 대열에서 보았었다. 무료 양로원에서도 열 명 이상 보았다. 특이하게는 10억 원 보증금의 특급호텔식 양로원에서 만났던 스님도 있다. 불알만 달랑 꿰차고 입산한 비구승이 무슨 용 뿔 빼는 재주로 10억을 모았을까? 혼자 비구는 평생 단돈 10원도 저축치 못하는 게 순리다. 오죽하면 누더기 옷만 사시사철 입는다 하여 선객을 일러 '납자'라 불렀을까.

양로원이 싫은 스님들은 과감히 자살을 택한다. 이유야 여러 가지이나 내 주변 스님들 중 자살자가 족히 백 명 숫자를 웃돈다. 거개가 농약 아님 오랏줄 목매기인데, 끔찍하게는 삭도(대형 면도칼)를 이용해 목을 댕강 잘라 버린 경우도 있었다. 크게 탓할 바도 아니다.

인생사 한바탕 독한 꿈이다.

꿈속에선 자살도 유익한 정당방어다. 암이나 중풍에 걸리느니 자살이 오히려 크나큰 크리스마스 선물일 수도 있다. 이유야 여하튼 자살을 일러 제3의 살인이라 매도하는 건 부적절한 표현이라 사료된다.

자살이 무엇인가?

택한다면 어떤 방법들이 있을까?

쉬쉬 하지 말고 정정당당하게 심사숙고함이 타당한 세월이 온 것 같다.

F. 황야의 결투

근세 한국 불교사에서 국치일이라 칭할만한 10·27 법란을 조명해 보겠다.

1970년대 이르도록 中이란 직업은 한국에서 솔직히 말해 3D업종에 속하는 쌍놈 직업이었다. 못 배우고 가난한 잡것들이 팔자 고치고자 운집한 곳이었다.

자연스레 시골 이발사 출신이 방장에 오르고, 사이비 종교에서 설치던 불한당도 방장벼슬을 땄었다. 졸개들은 죽기 살기로 주지직 권리금을 은밀히 사고팔았다. 절집에서 매관매직이 공공연히 판을 친다.

빌미삼아 신군부 기획의 종교 길들이기가 절집을 희생양으로 벌어졌다. 숱한 中들이 다쳤다. 여직 대법원에 계류 중인 당시 소송 건이

부지기수다.

더욱 가관인 건 시대가 급변하자 학살 당시엔 쥐구멍에 처박혀 끽소리 못 지르던 卍들 일부가 우후죽순 돋아난 시민단체에 스카우트 당해 설치기 시작하더란 거다. 시민단체에선 구색 맞추기 용으로 끼워 넣은 거고, 선수로 발굴된 스님 입장에선 은근히 유명인사(?) 반열에 올랐다는 환희에 절어 누이 좋고 매부 좋다고 설치는 식이다.

꼭 집어 1980년 10월 27일이다.

내가 날벼락에 박살난 곳은 살모사다. 대중스님은 서른두 명이었다. 학력은 대졸이 한 명, 고졸이 두 명, 나머진 초딩 중퇴다.

엄밀한 잣대로 수행에서 학력은 무의미한 이력서다. 왜냐하면 수행은 학문의 대상이 아니라 마음 작용의 대상 이기 때문이다. 헝클어진 생명의 본래 모습을 되찾자는 게 수행의 근본 목적일진대, 섣불리 신기술과 신학문 많이 습득한 자일수록 잔머리를 굴려 삿된 사기술에 빠지기 십상이기 때문이다. 그래선지 종교운동은 화려한 거리에서보다 할렘가를 중심으로 불씨를 지핀다.

눈감고 앉았다고 해서 다 참선수행이 아니다.

관조하는 마음의 화두가 육체적 한계 상황의 정점을 목숨 걸고 넘어설 때, 거기 암흑의 끝에 더 이상의 암흑은 존재치 않는다.

헌데 자비의 화신인 지장보살은 여기에 한 술을 더 뜬다.

"참선자들아, 내 존재가 텅 비어 무아가 아니다. 나와 너를 둘로 쪼개지 않을 때 그것이 진정한 무아이니라. 내가 병들고 가난하여 쓸쓸한 게 아니라, 당신이 병들고 가난함에 나는 쓸쓸한 것인즉."

텅 빈 데서의 사랑을 재차 조명함이다.

하지만 이걸 또 눈꼴시게 째리는 무리가 있었으니!

그날이다. 오후 여덟 시계다.

스님들은 똘똘 뭉쳐 참선삼매에 빠졌을 시각, 살금살금 조여 드는 검은 그림자가 있었다.

"손들고 밖으로 나와!"

"깜짝이야."

산에서 中을 명령하다니 가소롭다.

"물렀거라!"

"안 나오면 쳐부순다."

"정신병원이 통째로 쳐들어왔나 벼."

스님들 짬짬 고개 갸웃거리는 사이 군홧발 쩍쩍 우렁차게 적색분자는 이미 우리들 보금자리를 점령해 나갔다. 김일성이 특수부대가 남한 침공해 어느새 살모사마저 접수하는 단계인가?

"네놈들, 대체 뉘기야?"

"우린 中들이 술 마시고 노름하고 계집질 일삼는 것 벌주러 왕림하신 염라대왕이다."

"만우절도 아닌 날에 별것들이 다 복장 간질이네, 하하."

"웃었어?"

군바리가 웃어 버린 착한 스님의 정강일 걷어찼다. 폭행 피해자 스님은 너무 아파 데굴데굴 구른다.

"뚜껑 헤까닥 뒤집히네, 니기미."

참다못한 도명스님이 튀어 나온다. 남달리 의협심 강한 데다 과거

서울 명동 뒷골목을 주름 잡았던 진짜 사나이다. 훗날 이 스님은 이차 저차 신군부 실세와 엮이고 전두환 씨 유배지가 백담사로 결정되는데 결정적 역할을 하기도 한다.

국군병사는 中들 반격에 어이없다는 투다. 평소 中들을 그만치 무시했다는 속내의 내비침이다.

"너희들 국가 공권력 무시했겠다."

"국가 공권력이 中 잡기냐?"

"혼찌검 나 볼래?"

"오냐, 나 보자."

우리 쪽에서 한 명이 더 나선다. 왕년에 마산의 번개로 명성 드높았던 남능스님이다. 할 수 없이 나도 나서고 본다. 훗날 잘난 척하기 위해서다.

"아이고, 두야. 中을 혼내겠다고? 우린 살아도 생일이 없고 죽어도 무덤이 없는 무명용사 인생이다."

"이건 또 머시기야?"

"나, 땡초 현몽이다."

"흠, 명단 1번이군."

"명단이라니?"

"블랙리스트."

"난 어려운 말 모른다. 무식한 中놈이 아는 건 한 가지다. 법은 멀고 주먹은 가깝다는 것."

"이런 것들이 수도승이냐?"

"수도를 했기 망정이지, 안 했음 너거들 벌써 살처분 당했어."

도명스님이 거두절미해 인솔 장교의 멱살을 비틀었고 남능스님은 그중 깝죽대는 한 명의 따귀를 갈겼다.

"너희들 신분을 밝혀라."

"우린 대한민국 보안사다."

"거 잘 됐네. 세상이 폭삭 망해 박사 위에 검사요, 검사 위에 보안사라지만 우린 보안사 위의 삼계도사다."

다음은 또 내가 나설 차례다.

"너거들 이럴 시간 없다. 빨랑 집에 가 보거라. 이 시간 너희 마누라 나이트클럽 기웃거리다 나같이 훤한 미남스님과 눈 맞아 달라 뺐을 수도 있으니까."

"뭐이가 어째?"

"어째가 저째다."

"썅!"

"할!"

"정의사회 구현을 위해 전원 체포하겠다."

"대한민국 말세로다"

스님들은 키득키득 웃음보 터뜨린다.

그게 저것들의 자존심 건드렸나 보다. 인솔자가 흥분해 우리더러 총 부릴 겨눈다. 미친놈이다. 대★실수고 말고다.

"어따가 부지깽이 함부로 들이대?"

남능스님이 전광석화로 M16 소총 가로채 허공중으로 빵빵 실탄사격 가한다. 발 빠르게 도명스님은 비상용 휘발유통 들고 와 요사채에 퍼붓곤 라이터불 던져 버린다.

퍽 꽈르릉!

천년고찰은 금세 화탕지옥으로 갈갈이 찢기며 풍비박산 난다. 아마겟돈armageddon의 아비규환이 바야흐로 막을 열었다.

"군바리들 몽땅 불에 꼬실르자!"

이게 뭐냐, 이게 뭐냐.

귀신 집 잘못 건드렸다, 전원 후퇴!

스님들이 독을 품어 길길이 날뛰자, 체포조 병사들은 혼이 빠져 개인화기인 소총까지 팽개친 채 걸음아 나 살려라고 삼십육계 줄행랑을 놓는다.

국군이 中을 잡고자 전국적 비상을 걸었다.

언필칭 10·27 법란이다.

그 후 中들은 참 많이 컸다. 당시 찍소리도 못하던 中들이 지금은 은 연중 정부와 맞선다. 이건 어디까지나 中들이 갑자기 잘나서가 아니라 사회가 성숙한 탓에 덩달아 덕을 본 것이다.

당시의 군홧발 만행이 어찌 살모사뿐이었겠는가.

국군 보안사(현 기무사)는 동시간대에 전국에 산재한 3천여 개 조계종 사찰을 깔아뭉갰다. 백번 양보하더라도 평화 시에 자국군대가 특정종교(불교는 정서상 국민 종교)를 무차별 족치는 만행이 세계만방 어디에 있었더냐.

中을 잡아라! 사회악이요, 공공의 적이다!

이 엄청난 사변을 두고 오늘날 잘났다고 큰소리 꽥꽥 지르는 매스컴이나 민권변호사 단체나 강정마을 반대꾼 시민 단체들도 끽소리 못했다. 불났을 때 소리쳐야 살아 있는 양심이지, 불 꺼지고 소리치는 건 아무래도 낯 뜨거운 기회주의적 용맹심이다.

절이 불탄다. 이곳은 사바세계에서 과연 어디쯤인지 못내 낯설다.

담배 한 개비 척 그어 물다 말고 비벼 끈다. 담배를 줄곧 피운다는 건 막연한 습관성 중독이다. 끊어야지, 끊어야지, 이빨을 사려 무는 것 또한 금연에 대한 막연한 집착이다. 양자가 두루 바람직한 태도는 아니다. 집착을 여의면, 피우든 끊든 자유로워질 테니, 오냐.

피우면 피우리라. 끊으면 끊으리라.

끊지 못하는 자 맺지 못하고, 맺지 못하는 자 끊지 못한다. 나는 그동안 가능한 한 모든 걸 끊으며 부수며 살았다. 변혁을 원했던 거다.

변혁은 인연에서의 자유를 뜻한다.

바깥에서 휘몰아치는 태풍보다 열 배는 더 시끄러운 내면의 소음을 지우지 못하는 한 내 몸뚱이 히말라야 동굴에 처박아도 일대변혁은 일어나지 않을 것이다.

제3의 눈에 심지를 박고 내면을 살피다가 느닷없이 바깥쪽 불기둥 향해 냅다 오줌을 갈긴다. 오줌을 다 싸곤 벌거벗은 채 도량을 다섯 바퀴 겅중겅중 뛰어다닌다.

대답하라, 무아 속의 나여
나는 왜 살았는가?

그날 밤, 난 되게 쪼잔했다.

천년고찰 대들보가 시뻘건 화염에 녹아내리는데, 뒷짐 지고 울컥하다가 그냥 뺑소니치더란다. 절도 싫고, 사회도 싫었다. 이념논리도,

정권논리도 아니면서, 동족끼리 왜 들볶는가.

그놈 누구였을까?

中놈들 일망타진하라고 게거품 물었던 최초 명령권자 말이다. 현재도 확인 불가능한데로 사악한 예수쟁이였을 것이다.

난 시내로 잠입해 영업용 택시를 대절한다. 완전 멘붕 상태였다. 달리는 택시 안에서 많은 걸 곱씹는다. 노래는 가수가 잘하고, 거짓말은 위정자가 잘한다고 생각한다. 보이지 않는 걸 비싼 값에 팔아먹는 건 권력층들이기 때문이다.

과거심 불가득

미래심 불가득

현재심 불가득

(과거를 묻지 마세요.

미래를 돌아보지 마세요.

현재도 믿지 마세요.)

나의 행선지는 서울이다. 이다지 충격적인 날엔 여자하고 붙어야겠다. 그 어떤 국가재난도 예쁜 여자 이상의 가치엔 미치지 못한다. 새로운 꽃 한 송이 싹둑 자를까 보다.

이유 불문코 오래 굶었다. 2층을 짓는다면 눈물겹게도 5년만의 쾌거다.

이때 호사다마다.

"잠시 검문 있겠습니다."

서울의 관문 중 하나인 제3한강교다.

자라 보고 놀라면 솥뚜껑 보고도 놀란다. 지레 손사래 치며 급하게 자기방어에 나선다.

"난 납세의무에 충실한 모범 백성인데요."

옳았다. 대한민국 5천만 국민 중 단연 으뜸으로 솔선수범해 주세, 담뱃세 뻥튀기로 자진 납부하는 모범시민이 나 현몽이었으니 과히 틀린 변명도 아니다.

"스님이군요, 통과."

거기까지 대한민국이었다.

통과하자마자 알록달록한 개구리 지프가 급발진 속도로 꽁무니에 달라붙는다. 초소 당직자는 보안사가 지목한 타락승 랭킹 1번이 눈 깜짝할 새에 빠져 나간걸 뒤늦게 눈치 챘다.

갑호 비상이다. 中 한 마리 체포에 일계급 특진이다.

"기사양반, 서빙고로 전속력!"

서빙고라면 도둑놈 촌으로 불리던 부촌(up town)이다.

군용 지프와 시골 택시가 달리기 경쟁 붙다가 시골택시는 스위스와 파키스탄 대사관 지나쳐 아슬아슬 나를 N대사관저에 내려놓는다.

띠링띠링, hurry up, somebody here.

"하이, 반 대사님."

"하이, 킹 대사님."

대사는 대사이되 한쪽은 한나라를 대표하고 한쪽은 땡초계를 대표한다. 요사이야 하버드나 옥스퍼드 출신의 스님들도 흔하지만, 불교계 무식이 하늘을 찌르던 그땐 손짓 발짓의 내 콩글리시가 칭송받던 깜깜

시절이다.

"아닌 밤중에 홍두깨?"

"술 생각 간절하여 come 했소이다."

"스님 좋아하는 하이네켄?"

"오늘밤은 폭탄주요."

소주는 그곳에 비번인지라 코냑과 맥주를 접붙인다.

"무슨 일 있소?"

"실은 이차저차 어쩌고저쩌고."

"Oh, boy!"

반(Van) 대사는 적잖이 흥분해 눈이 휘둥그레진다. 십자군 전쟁 이래 어느 정부에서도 무장군대가 성소를 짓이기는 폭거를 저지르진 않았단다.

만에 하나 가톨릭을 이런 식으로 묵사발 냈다면 파장이 어떠했을까. 안 그래도 뻑 하면 정권퇴진을 재미삼아 요구하는 한국 사제님들 아니더냐.

"이보소, 킹king스님."

반 대사는 단호한 어조다.

"이건 비상식 중의 비상식이요. 날 밝는 대로 외신기자들 부를 테니 사건전모를 소상히 까발리시오."

"그럴까요, 말까요?"

"용감하시라요!"

외국 대사가 오히려 분통을 터뜨린다.

실행에 옮겼다면 난 유신반대로 명성을 떨쳤던 시인 김지하와 버금

갈 유명세를 탔을 것이다. 어쩜 세계적 분노 일으켜 신군부 아무개가 훗날 대통령으로 출세하는데 상당한 타격이 되었을 것이다.

난 고개를 젓는다.

"겁쟁이군요."

"겁쟁이인데다 난 한국불교계에서 에둘러 파문당한 이단자입니다. 저들이 한 방 스트레이트로 날 케이오$_{ko}$ 시킨 마당에 내가 누구 좋으라고 총대를 맵니까?"

그렇다. 군부가 날 패대기치기 전 조계종이 선수를 쳤었다.

어느 본사에선 후학들에게 타락승 표본을 예로 들 때, 그놈이 바로 나 현몽이었다. 그러나 말이다. 나의 타락은 당신들의 표리부동한 10계율 앞설뿐더러, 당신들이 만약 독특한 내공 없이 나의 타락을 흉내 냈다간 10리도 못 가 발병난다는 걸 알아 두시라.

내게서 부처는 예쁜 여자와 동일인이다.

내게서 술은 관세음보살과 동일인이다.

전화 다이얼을 돌린다. 상대는 당연히 여자다.

"모시모시 아끼짱."

"하이, 킹 데쓰네?"

아끼는 선진국 일본에서 덜 선진국인 한국의 H대학에 유학 와 있는 대학생이다. 전공과목은 식품영양학이다. 키는 159.5㎝에 발은 225㎜ 다. 난 별의별 나라의 특이 인종들과 자주 어울린다.

외국대사관 파티에선 주로 국내외의 고위층을 만나고, 외국 배낭여행에선 주로 히피족 아가씨를 만나고, 한국의 관광사찰 목 좋은 곳에선 주로 예쁜 한국판 토종 아가씨를 만난다.

아끼짱은 히말라야에서 얽혔던 아가씨 중 한 명이다.

"낼 오전 열한시 조선호텔 지하 카페 그곳."

그 일대가 한때 나의 작전지역이다.

난 사회인들이 은연중 무시하는 中 한 마리니까 가능한 한 비싸게 놀았다. 조선호텔에서 코냑을 마시고, 롯데 호텔에서는 위스키를 마시고, 인사동에서는 소맥을 마시고 ,가끔은 특급 요정에서 각국 민속주를 마시며 놀았다.

그렇다고 장마다 감성돔일까.

이튿날은 꼴뚜기 망신이 터졌다. 반대사가 제공하는 외교관 차량을 사양하고, 터덜터덜 큰 골목 벗어나 4차선 대로로 접어들자, 어젯밤 미행자들이 덜컥 앞을 가로 막는다. 밤새 끈질기게 잠복한 꼴새다. 中 잡기보다 간첩 잡길 이런 식으로 했다면 남한엔 적어도 요상한 종북파들 덜 생겨나 훗날 국회까지 진출하지도 못했을 터인데 아쉽다.

그나저나 난감한 함정이다.

여기서 도심 쪽으로 조금만 움직이면, 멕시코와 인도 대사관이다. 두 곳 대사님들 동참으로 나랑 절친한 사이다. 대로를 가로질러 도망치면 미 8군 후문이다.

도망갈까 말까.

"도망치지 말라!"

무작정 어디론가 자기들을 따라가잔다. 보나마나 고문 공장으로 데려가겠지. 법치국가에서 영장도 없이 경찰이나 검찰도 아니면서 선한 백성 연행하려는 저들의 후안무치에 난 극도로 분개한다.

"못 간다!"

"못 간다면?"

그들 중 한 명이 내가 어깨엔 맨 쪼가리(small bag)를 사납게 낚아채 뒤적인다. 백주 대로에서 상상도 못할 인권유린이 버젓이 자행되는 현장이다. 이런 무식한 작당이 정권을 잡았다.

"우와! 놀랄 '노'자다. 전화번호가 6백 개 넘는데다, 90퍼센트는 삼삼한 가시내들 이름이다. 게다가 이놈이 접선 대상으로 줄을 댄 고위층이 수두룩 빽빽이다. 8군 사령관, 교황청대사, 청와대 비시실장, 국무총리, 너, 특수 공작원이지?"

"빙고, 수령님 직속이다."

"지난밤 N대사에겐 무슨 고자질 했더냐?"

그야말로 나라 전체가 개그콘서트 무대였던 무인시대다.

– 이하 생략 –

닫는 글

인간은 자업자득의 동물이다.

스스로 신을 창조해 신께 속고 스스로 종교를 조작해 종교에 중독 당하면서도 마지막 소원은 순수한 자유다. 하지만 가만히 살피면, 인간이 원하는 자유는 원시적 자유가 아니라 당장에 힘든 책임으로부터의 자유다. 일종의 도피성 자유 말이다.

결국 최후의 스승은 자기 자신임을 깨닫는 게 급선무다. 아무도 나를 대신해 살아 주지 않는다. 완벽한 자유는 마음 비우기, 즉 무심인데, 이게 진정한 주체사상이자 인간승리일 것이다.

죽음마저 비우는 게 또 다른 자유다. 죽음이 정작 무서운 게 아니라 죽음을 무서워하는 마음이 무서운 것이건만, 인간들은 그 마음엔 아무런

관심이 없다.

잠시 잔가지를 쳐 보겠다. 인간에겐 과연 죽음이란 게 실재하는가에 대해서다. 결론은 '글쎄요'다.

죽음과 가장 가까운 추상물은 잠이다. 죽음이 긴 망각이라면 잠은 짧은 망각이다. 잠을 잔다. 나는 어디에도 존재하지 않는다. 오죽함 참선에서 "몽중일여"란 섬뜩한 용어까지 사용했을까.

꿈속에서도 깨어 있으라는 경책이다. 즉, 꿈속에서 내가 어느 마을인갈 지나가는데, 마을이 온통 불길에 뒤덮였다. 이때 한 집을 점찍어 저 집만은 타지 말라고 정신 집중하여, 그 집은 정말 타지 말아야 한다는 것.

꿈도 없는 깊은 잠이라면 어떻게 하는가? 거기엔 물론 아무도, 아무것도, 존재치 않는다.

죽음이 이와 같다. 내가 깨어 있을 때 죽음은 아직 여기 오지 않았고, 죽음(잠)이 여기 왔을 때 그땐 내가 이미 여기에 있지 않으니 기실 죽음과 인간은 영영 만나지 못하더란다.

미래심 불가득이다. 오지 않은 걸 서둘러 겁내지 말자이다.

이하 생략 이후론 주로 히말라야 근처나 메콩 강, 미시시피 강, 아마존 강을 오가며 국제 거지로 살았다.

하다가 최근 10년은 청석골을 머물며 정신병원 들락거린다. 병명은 우울증에 공황장애란다. 어느 날엔 벽을 관통해 저쪽방의 사물이 확연히 보이는가 하면, 어느 날엔 미쳐 가는 자신이 무서워 탈출 하고파도 방문(door)이 보이질 않아 쩔쩔 맨다. 내 나이 애면 칠순이다 보니 치매까지 겹쳤다.

故人이 되어 버렸다. 이상이다.

여러분은 이 책이 재미났는가?

재미났다면 고맙고, 재미 안 났다면 언젠가 내가 술을 한번 사겠다고
약속해 둔다.

(끝으로 부고장을 돌리겠다.

서울 인사동 Nihee 패션의 김유미 씨, 서울 율곡로의 바보 트리오 A, B, C 씨 이외
에도 춘천 쪽방촌의 심은미란 이름의 여자, 그리고 청도의 사기점 촌놈 박정용 군,
이들의 명복을 삼가 빌면서!)